澤口たまみ

自然をこんなふうに見てごらん

宮澤賢治のことば

look at nature like this
Words of Kenji Miyazawa
Written by Tamami Sawaguchi

プロローグ

宮澤賢治が教え子たちに伝えたこと

「宮澤先生から教わったのは、どのようなことでしたか？」

そう尋ねると、花巻農学校に学び、宮澤賢治に可愛がられたという小原忠《おばらただし》さんは、静かに答えました。

「自然を見ること。いまの言葉で言う、自然観察のようなものでした」

それは一九九六年、あるテレビ局の仕事で、そのころまだご存命だった教え子さんたちにインタビューする機会を得たときのことです。

小原さんが賢治に目をかけられた理由は、文学が好きだったからだそうです。賢治は宿直の晩に学校を抜け出し、小原さんのもとを訪ねると窓を開け、

「小原くん、詩の作り方を教えよう」

と声をかけました。机に向かっていた小原さんは、宮澤先生がいきなり顔を出したのに驚きましたが、「詩の作り方」と聞いて、喜んで出かけました。

賢治は、先に立って夜の野原を歩きまわり、その晩は結局、散歩をしただけで帰ってきたということです。小原さんは、

「宮澤先生は、歩きながらしきりにぶつぶつと呟き、口のなかで声に出して言葉を選んでいるようでした」

と回想され、そのときの散歩が、「銀河鉄道の夜」のなかの、主人公のジョバンニが夜の野原を歩いてゆくシーンに反映されていると語りました。

賢治の思い出を語るときの小原さんは、まるで夢でも見ているように満ち足りた表情を浮かべていました。

「宮澤先生と歩いていると、ひとりで歩いていたときには灰色にしか見えていなかった冬の雑木林でも、にわかに生き生きとして、宝石でも散りばめたように美しく見えてくるのです」

賢治に自然を見るよう勧められたのは、文学好きの小原さんだけではありません。

やはり賢治から大きな影響を受けた照井謹二郎さんは、北上川の岸辺につないである小舟に賢治が「借りるよ！」と声をかけて漕ぎ出し、川にリンゴを落として、しぶきのなかに小さな虹ができるさまを楽しんでいた姿を見ています。

「宮澤先生は、きれいだ、きれいだー、と喜んで、何度も、何度も、リンゴを川に落

としていました」

そう語る照井さんは、演劇好きだった賢治の遺志を継ぐべく、晩年まで賢治作品をお芝居にして子どもたちと上演を重ねました。

特筆すべきは、小原さん、照井さんのほか、インタビューした教え子さんの多くが、「宮澤先生はいつも、自然、自然と言っていた」と語ったことです。賢治は、文学などの芸術のみならず、あらゆる場面……おそらくは人生そのものにおいても、自然を見ることに意味があると考えていたのでしょう。

教え子さんたちは、自然のなかで目を輝かせたり、喜んで飛び跳ねたり、「ほう！」と歓声を上げたりしている宮澤先生の背中を見て、

（自然を見るとは、こんなにも素晴らしいことなのだ）

と、感じとっていたものと思われます。

賢治が亡くなった一九三三年から、まる九十年が経ったいま、わたしたちは、その背中を見ることはできません。

しかし賢治は、数多くの言葉を残していました。

これからお読みいただくのは、自然にまつわる賢治の言葉に、それを読み解く易しいエッセイを添えたものです。これらの言葉をたどるなかで、賢治がなぜ、教え子さ

んたちに「自然、自然」と言っていたのか、自然を見つめることにはどのような意味があるのかを、皆さまそれぞれに感じとっていただけたなら幸いです。

さて、冒頭に紹介した小原さんは、賢治が花巻農学校の生徒のために作詞した「精神歌」を、インタビューの終わりに口ずさんでくださり、

「わたしは夜、眠る前に必ずこうして歌っているのです」

とおっしゃいました。そしてその理由は「銀河鉄道の夜」のなかにある……とも。

小原さんのもとを辞して、わたしは「銀河鉄道の夜」を開きました。ページを繰るのももどかしく文字を追い、つぎの一行を見つけて、思わず感嘆しました。

わたしの大事なタダシはいまどんな歌をうたっているだろう

この言葉が、小原さんの胸を離れることは、ついになかったのでしょう。

賢治の自然の言葉を集めながら、わたしは賢治から、

(わたしの読者は、いまどんな自然を見ているだろう)

と問われているような気がしてなりませんでした。自然を見つめ、こころを寄せる者がいなくなれば、賢治の愛した自然も失われてゆくかも知れません。

まずは身近な自然に目を向け、その美しさや不思議に驚き、自然を見つめる日々を楽しいと感じるところから、始めるといたしましょう。

目次

プロローグ　2

［パート一］
立ち止まってみる
そばにある感動を見つける

いのちの宝石　木の芽　14
光るしずく　朝露　16
空を見上げる　雲　18
居場所を知らせる　花の香り　22
鳥の声を聴く　さえずり　24
透明なエネルギー　風　28
夜空を見上げる　月　30
収穫の記憶　木の実　34
季節を知らせる　秋の花　36
空に浮かぶ　雪ふり　38

［パート二］
感動するこころと向き合って
発見を言葉にする

花がまるで鳥のよう　コブシ　44
光の酒が湧いている　チューリップ　48
鳥のブラウン運動　ヒバリ　50
花は小さな蛾のようだ　シロツメクサ　54
輝きの色を例えてみると　キンポウゲ　58
生きものの気持ちになる　アマガエル　60
想像を膨らませてみる　トウモロコシ　64
風の指を見る　チモシーグラス　68
木に自身を映す　カシワ　70

［パート三］
新たな発見に出会う
視野を広げて

目を凝らして見る……小さな世界 76
四季を通じて見る……相手を知る 78
なぜそう見えるかを考える……水孔溢水 80
光を感じてみる……透過光線 84
なかま分けで見る……花 88
調べてみると面白い……学名 92
なぜそう聴こえるかを考える……鳥の声 94
見えないところを想像する……木の根 96
春の速さを見る……定点観測 100
体験してみる……雪渡り 104

［パート四］
つまらないものはない
先入観を捨ててみる

誰も褒めなかったら……サクラ 110
小さな虫に励まされる……春の蛾 112
恐れ過ぎず相手を知る……ドクガ 114
野山の虫が役に立つ……てぐす 116
醜い生きものはいない……ヨタカ 120
一匹ごとに伝記を書く……羽虫 122
賢さと品格で愛される……カラス 124
ナチラナトラのひいさま……蠕虫 126
みんな可愛そうなもの……いのち 128
オールスターキャスト……多様性 132

［パート五］

暮らしとともにある自然

よりよく自然とつき合う

土地に問う……開発　140
日光を食べものに……野菜　144
いのちをいただく……肉　146
たいせつに使う……皮　150
どうしても吹くもの……台風　152
領域を保つ……川　154
炭酸ガスの功罪……大気　158
自然の二面性……天災　160
健やかな鳥……町　164

［パート六］

自然を見つめるこころ

幸せを願う

見えない星を見る……太陽系　170
過去へ旅する……時間　172
自然界の物語を読む……自然と文学　174
生きものの声を聴く……聴耳頭巾　178
悲しみを癒す……自然の恋人　180
天上技師Nature氏……自然の意匠　182
子どもたちの居場所……街の緑　186
緑が教えてくれるもの……ほんとうの幸い　188
こころの食べもの……おはなし　192

◯コラム

思いを写す、こころスケッチ

一 こころに映った景色を写す 40
二 メモ帳を胸ポケットに 72
三 おとなも絵本を 106
四 自分なりの表現を 136
五 足を伸ばして 166
六 言葉の花束を作る 195

エピローグ 196
写真説明・クレジット 204
参考文献 206

宮澤賢治作品の引用については、仮名遣いや漢字は現代的に改め、適宜ルビを加えるなど、本書の読者の便を図りました。また紙面の都合上、原文と異なる改行をしている場合があります。

［パート二］

立ち止まってみる

そばにある感動を見つける

わたしたちの身のまわりには、
ささやかでも自然があります。
草むらで咲く花や、
ふと見上げた空、
街路樹で芽吹く木の葉。
ほんの少し立ち止まり、
身近な自然に目を向ける時間を
作ってみませんか。
毎日が発見と驚きに彩られ、
こころが動き出すのを感じる
かも知れません。

いのちの宝石

木の芽 buds

これらのからまつの
小さな芽をあつめ
わたくしの童話をかざりたい

心象スケッチ『春と修羅』「小岩井農場」

早春の林で木々が芽吹くと、わたしはその枝先に目を凝らします。あるものは銀色の毛に覆われ、あるものは花芽を抱いて……。伸び出したばかりの木の葉からは、小さな産声さえ聴こえてくるようです。それらの初々しい緑は、春を待ちわびたひとのこころをも輝かせてくれる、いのちの宝石と言えます。

無類の石好きで、「石コ賢さん」とも呼ばれていた宮澤賢治は、カラマツの芽吹きをこよなく愛し、

からまつの芽の緑玉髄《クリソプレーズ》

と、爽やかなミントグリーンの宝石に例えました。

カラマツはご存じのとおり「落葉松」とも書き、秋には黄葉し、雨のように落ち葉を降らせます。ですから春には新たな葉を伸ばすのですが、細い針のような葉が束になって、少しずつ伸びてくるさまが、たいへんかわいらしいのです。

カラマツの芽が枝いっぱいに点々と並んでいるところは、緑色の水玉もようのようでも、ピコット編みのレースのようでもあります。

童話の本を出そうとして、おはなしを書いていた賢治は、その芽を装丁にデザインしたいと思ったのでしょう。それはまた、おはなしを通して自然の素敵さを伝えたいという、願いの表れでもあったに違いありません。

光るしずく

朝露　morning dew

すぎなに露がいっぱいに置き
美しくひらめいている。
新鮮な朝のすぎなに。

随筆「秋田街道」

忙しい毎日のなかでも、ふと足を止めてまわりを見る時間を、努めて持つようにしています。その「ふと」の時間が一日に三十秒あったとして、一か月で十五分、一年にしても三時間にしかなりません。けれど、その三十秒が人生にもたらす感動は、はかり知れないものだと思います。

ふと視線を落とした足もとに、小さな花が咲いていることもあれば、その花に虫が来ていることもあります。そして朝なら、あたりいちめんの草が、きらきらと光る露のしずくを、いっぱいにまとっていることもあるでしょう。

草の葉に光る水滴を、わたしたちはひと口に露と呼びますが、正確には、露と言えば「結露」によるものを指し、主に夏の終わりごろから、冷え込んだ朝に見られます。いっぽう、賢治がここで露と書いているのは「水孔溢水」と言い、夜のあいだに植物体から排出された水分です。

朝早く、お日さまが昇る前に草の葉を見ると、無数の水滴が織りなす静謐な美しさに、目を見張らずにはいられません。お日さまが昇ってあたりの温度が上がり始めると、たくさんの水滴はふるふると小刻みに動き出し、虹色の光を放ちながら少しずつ蒸発してゆきます。

ふと足を止めた、その足もとにも、極上の瞬間は存在しています。

「どんどんかけて来る。
早い早い、大きくなった、白熊《しろくま》のようだ」
「またお日さんへかかる。暗くなるぜ、きれいだねえ。
ああきれい。雲のへりがまるで虹《にじ》で飾ったようだ」

童話「おきなぐさ」

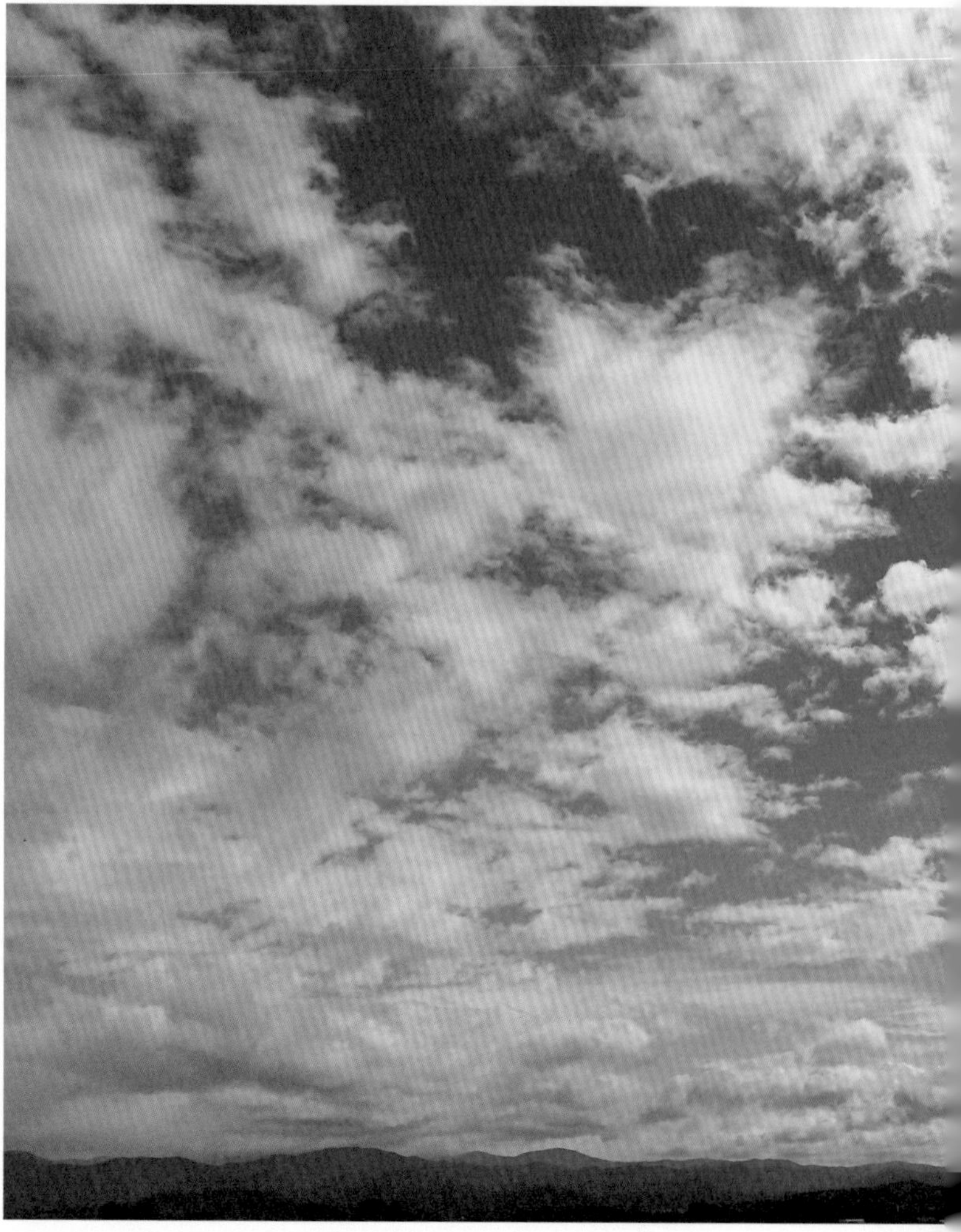

空がきれいだ。

ただそれだけで、涙がこぼれそうになるときがあります。とてつもなく悲しかった日の朝、ふと見上げた空がいつものように明るくなってきたときには、こんな日でも地球は静かに回っていて朝が来るし、空は青くなるのだと、こころが震えました。

わたしたち人間は、宇宙から見ればとても小さな存在で、ましてやわたし個人の悲しみなど、とてもささやかなものなのだ。そして、わたしの身の上にどんなことが起ころうと、あしたもまた朝は来るだろう。そう考えると、ちっぽけな存在はちっぽけなりに、きょうもがんばって生きてみようと思えてくるのです。

花巻生まれの宮澤賢治は、小学校を卒業すると盛岡に出て、旧制盛岡中学に進学します。その十年先輩に、石川啄木がいました。カンニング事件を起こして退学していた啄木でしたが、賢治が中学生になったころには、すでに天才歌人の呼び声も高くなっていました。

その啄木が残した小説作品のタイトルは、「雲は天才である」です。

毎日のように空を見上げていると、わたしたちも啄木の言葉をつくづくと実感するでしょう。びっしりと雲に覆われた日は別として、晴れた日の空ときたら、季節により時刻により色合いも雲の形も千変万化して、見飽きることはないのです。

賢治もまた、「おきなぐさ」というおはなしのなかで、雲にありったけの讃辞を贈っています。二株のオキナグサの会話は、雲を眺める賢治のこころそのものです。

「おい、ごらん。山の雪の上でも雲のかげが滑ってるよ。あすこ。そら。ここよりも動きようが遅いねえ」

「もう下りて来る。ああこんどは早い早い、まるで落ちて来るようだ。もうふもとまで来ちゃった。おや、どこへ行ったんだろう、見えなくなってしまった」

「不思議だねえ、雲なんてどこから出て来るんだろう。ねえ、西のそらは青じろくて光ってよく晴れてるだろう。そして風がどんどん空を吹いてるだろう。それだのにいつまでたっても雲がなくならないじゃないか」

「いいや、あすこから雲が湧いて来るんだよ。そら、あすこに小さな小さな雲きれが出たろう。きっと大きくなるよ」

雲にも影があることや、雲が山から下りてくると消えてしまうこと、逆にどんどん生まれているところがあることなど、賢治は忙しく考えをめぐらせています。

ＳＮＳではたくさんのひとが「イマソラ」などとハッシュタグをつけて、空の写真を掲載しています。ふと見上げたときの空の美しさは、多くのひとにとって、日々を生きる力になっているように思います。

その人は大きなまっ白な手で
楢夫《ならお》の頭をなでました。
楢夫も一郎もその手のかすかに
ほおの花のにおいのするのを
聞きました。

童話「ひかりの素足」

どこからか漂ってくる香りに、ふいに呼び止められることがあります。それは、クズの花のむせかえるような蜜の香りだったり、カツラの落ち葉の砂糖を焦がしたような香りだったり、ホオノキの花の馥郁《ふくいく》たる香りだったり……。その香りがしたら、たとえ視界には入っていなくても、きっと近くにそれらの植物が生えているしるしです。香りは（ここだよ、ここにいるよ）という植物の言葉のようです。

もっとも花たちが呼んでいるのは人間ではなく虫たちで、ホオノキの場合は蜜を流さずに香りだけで甲虫を集め、花粉を運ばせているのだそうです。虫のための香りが人間にも感じられるほど強いのは、ホオノキの花が大きな葉の向こうに咲いていて、下からは見つけにくいからでしょうか。森や野原には、虫や生きものたちだけに感じられる未知の匂いが、密やかに満ちていることでしょう。

ここで宮澤賢治がホオノキの香りに例えているのは、仏さまの香りです。一郎と楢夫の兄弟は、吹雪にまかれて雪のなかに倒れてしまうのですが、小さな楢夫だけが亡くなり、仏さまのいる「ひかりの国」で学び直すことになるのです。

森を歩いていて、ホオノキの香りが漂ってくると、賢治はそこに、仏さまがいるようだと感じていたのかも知れません。ひとりぽっちだと思うときでも、きっと誰かがいて、そっと見守ってくれている。そう感じられるのは、とてもこころ強いことです。

どうしたのだこの鳥の声は
なんというたくさんの鳥だ
鳥の小学校にきたようだ
雨のようだし湧いてるようだ
居る居る鳥がいっぱいにいる
なんという数だ　鳴く鳴く鳴く
Rondo Capriccioso
ぎゅっくぎゅっくぎゅっくぎゅっく

心象スケッチ『春と修羅』「小岩井農場」

春、いちばんにウグイスが鳴くのはいつだろう。

日が長くなり、あたりが春めいてくると、わたしは裏山に耳を澄まして過ごすようになります。もちろんウグイスは冬のあいだも鳴いているのですが、それは「チャッ、チャッ」という「地鳴き」で、フィールドノートに記録するときには「v」つまり「ボイス」と書くのだと、探鳥会で教わりました。

聴き逃すまいと耳をそばだてているのは、オスのなわばり宣言でありメスへの求愛であるおなじみの「ホーホケキョ」で、フィールドノートには「s」すなわち「ソング」と記す「さえずり」です。ついにそれを耳にした日、わたしはいそいそと、手帳の余白に「ウグイス初鳴き」と書き込みます。

ですから春の手帳は、たいそうにぎやかです。

鳥だけでなく、カタクリが咲いた日、アマガエルが冬眠から目覚めた日、カラマツが芽吹いた日……と書き込んでゆきます。そしてある日、気がつけば手帳の余白はいっぱいになり、見たもの聴いたものの名前は、書き切れなくなっているのでした。

もっともさえずりの場合は、書けなくなるのは余白のせいばかりではありません。ウグイスやミソサザイ、シジュウカラなど、冬のあいだも日本にいる留鳥たちは、まあいいのです。続いて、ツバメ、オオルリ、キビタキ、クロツグミなど、夏鳥たちが

渡ってきても、この四種類くらいなら、

「きよこさん、きよこさん、すきー」……おっ、クロツグミが来たな！

なんて、探鳥会で誰かから教わった聴きなしを駆使して聴き分けてみます。

ただし、それ以上に種類が増えると、わたしの耳と知識ではもう太刀打ちできません。森に入れば、さえずりはシャワーのよう。鳥の名前も、クロジ、アオジ、ん？　アカジはいないの？　と、とても覚えられません。手帳の余白が花や虫の名で埋まるころ、さえずりのメモは「さえずる鳥、たくさん」となるのでした。

オノマトペの名手とされる宮澤賢治ですが、鳥のさえずりを「ぎゅっく」と素朴に表現しているところを見ると、正確には聴き分けていなかったのかも知れません。ちなみにアマガエルの鳴き声も、賢治にかかれば「ぎゅっく」です。

けれども賢治は西洋の音楽に造詣が深く、当時はまだ高価だったレコードも数多く所有していました。ですから、くるくると飛び交いながら鳴く鳥のさえずりを音楽に例えるなんて、洒落たこともやっています。「Rondo capriccioso」はイタリア語で、「ロンド」は「輪舞曲」、「カプリチオーソ」は「気まぐれな」との意味だそうです。

わたしのメモも、「鳥、常連カルテット」や「夏鳥、オーケストラ」で、じゅうぶんに用が足りそうです。

かぜがくれば
ひとはダイナモになり
……白い上着が
ぶりぶりぶりふるう……

心象スケッチ「春と修羅　第二集」「かぜがくれば」

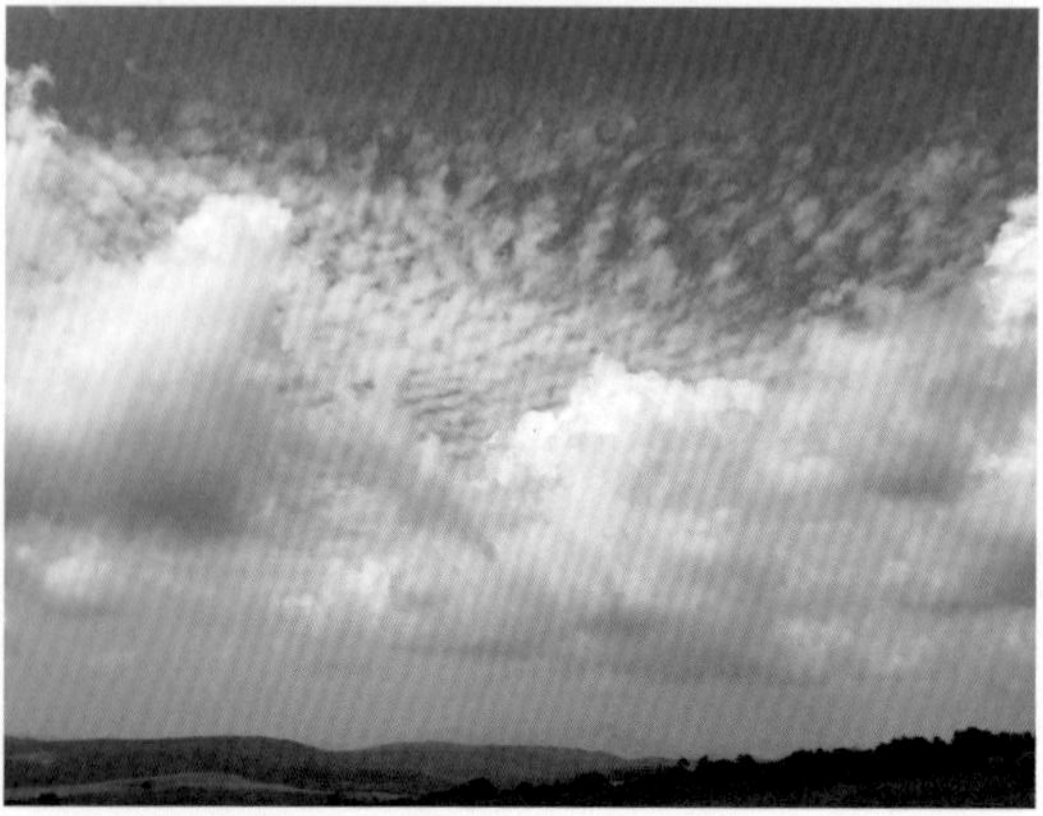

森のなかの急な坂を登っているとき、頭のなかは、その坂を抜けた先にある草原のことでいっぱいになります。青い空、あふれる光、咲き乱れる草花……森を抜けたら目にするであろう美しい景色も然ることながら、頭を占めているのは、もっぱら風のことです。

草原をわたる爽やかな風に吹かれたい。

坂を登る暑苦しい時間は、その瞬間のためにだけあるのではないかとさえ思われます。そうして実際にその瞬間が訪れると、暑かった体は冷やされ、細胞のすみずみにまで爽やかな風がゆき渡るようです。宮澤賢治もその瞬間を、心身が充電されるように感じていたのでしょう。「ダイナモ」とは発電機のことです。

稲作にとり組む少年とのやりとりを記した心象スケッチ「稲作挿話」では、

雲からも風からも／透明なエネルギーが／そのこどもにそそぎくだれ

との表現が見られます。風は、空気が主に横方向に移動することで起こるものです。そして雲は、空気が縦方向に移動することで、空気中の水分の状態が変化し、消えたり生まれたりするものなのでした。賢治は風や雲に、絶え間なく動き変化する空気や水のエネルギーを見ていたようです。

風の吹く日は裾の長い上着をはおって、わたしもダイナモになってみましょうか。

さあでは私はひとり行こう
外輪山の自然な美しい歩道の上を
月の半分は赤銅《しゃくどう》　地球照《アースシャイン》

（中略）

二十五日の月のあかりに照らされて
薬師火口の外輪山をあるくとき
わたくしは地球の華族である

心象スケッチ『春と修羅』「東岩手火山」

夕方、西の空に細い細い月を見つけると、そこに艶然と微笑むひとがいるような気がして、思わず微笑み返してしまいます。わけもなく淋しい気持ちになる秋の黄昏なら、その嬉しさはひとしおです。

そんな細い月の、光っていない部分がうっすらと浮かび上がって見えるのは、「地球照」によるものです。このとき地球は、月から見ると「満月」に近い状態で、雲や雪がよく光り、月をほのかに照らしているのだそうです。

英語に堪能で、カタカナ言葉を作品にとり入れるのが好きだった宮澤賢治は、わざわざ、「アースシャイン」とルビを振っています。

地球照は、新月から数日が過ぎた月齢一～二の月が、夕方の西の空にかかっている場合が見やすいのですが、あと数日で新月になろうという月齢二十七～二十八の月が、夜明けに東の空に出ている場合にも認められます。

ここで賢治が見ているのは月齢二十五ですから、夜明け方の東の空に、まだいくぶん太い状態の月が出ていたのでしょう。それでも地球照が見られたのは、あたりに灯りのない、絶好のコンディションだったからだと思われます。

このとき、花巻農学校で教師をしていた賢治は、生徒たちを連れて岩手県の最高峰である岩手山に登り、火口のカルデラをぐるりと囲む外輪山を歩いていました。岩手山の頂上付近は、賢治にとって、可能なかぎり月や宇宙に近づける特別な場所だったに違いありません。そこから月を見るとき、賢治は、月から見える自分の姿を想像していたのかも知れません。

地球の衛星として月が存在していることは、空を見上げる楽しみを、間違いなく豊かにしています。その大きな魅力は、法則に従って満ち欠けすることと、同じ月を地球のどこにいても眺められることではないでしょうか。

地球照の見える三日月、「ストロベリームーン」や「ハーベストムーン」などと名前のついている毎月の満月……。

(見られるかな、見られるといいな)と、昼のうちから雲の量を気にして過ごし、無事に眺められたときには、いそいそと写真に撮ってSNSに載せたりします。すると遠方に暮らす友人たちから「こちらでも見えました」などと連絡が来て、しばし近況などやりとりをするのです。

賢治の時代は、即座にやりとりできるSNSはありませんでした。けれど、(世界のみんなが、この月を見ているかも知れない)と思えることは、世界がぜんたい幸せであることを願っていた賢治のこころを、いつも、いつでも温かく照らしていたのでしょう。

収穫の記憶

木の実　nuts

すきとおった風が
ざあっと吹くと、
栗の木はばらばらと
実をおとしました。

童話集『注文の多い料理店』
「どんぐりと山猫」

風がざわざわと木々を揺らすたびに、森のあちこちで、クリやドングリの落ちる音がします。その音を聴くと、こころのなかまで風が吹き込んだように、そわそわと落ち着かなくなるのは、はたしてわたしだけでしょうか。

うしろに寒さの厳しい冬が控えているので、秋の訪れは決して手放しで喜べるものではありません。それでも、草のあいだでつやつやと光るクリやドングリを見つけると胸が躍り、もうどうしても拾わずにはいられません。

持ち重りのする木の実のぽってりとした丸みを、手のひらのくぼみで感じたときの得も言われぬ愛しさ。拾った木の実で、シャツやズボンのポケットがいっぱいになったときに、ふつふつとこみ上げてくる笑み。

そしてふと、それらの木の実を重要な食糧として採集していた時代や、飢饉の際の救荒食糧として蓄えていた時代に、思いを馳せずにはいられません。木の実を拾ったときの嬉しさは、自然の恵みをいただいて生きてきた先人から脈々と伝えられた、遺伝子に刻まれた感情ではないかとさえ思えるのです。

と同時に、木の実は森の動物たちのたいせつな食糧で、豊作の年には、かれらも喜んでいるだろうと想像します。すっかり拾ってしまったら動物たちが悲しむだろうと、伸ばしかけた手を引っ込めることもしばしばです。

「ああ、りんどうの花が咲いている。
もうすっかり秋だねえ」
カムパネルラが、
窓の外を指さして言いました。
線路のへりになった
みじかい芝草の中に、
月長石ででも刻まれたような、
すばらしい紫のりんどうの花が
咲いていました。

童話「銀河鉄道の夜」

春の訪れは楽しみでたまらず、花が咲いたり鳥が鳴いたりするのをいまかいまかと待ち構えていますが、秋の訪れは、夏の暑さのなかにも風が冷たさを含んでいたり、空の青さがそこはかとなく深まったりして、ある日にわかに、

「ああ、もう秋が来ていたんだ」

と気づかされます。そうしてあたりを見れば、野原ではすでにススキが穂を出し、秋の花が咲いているのでした。

秋の野原の美しさは冬の訪れを前提としていて、すべては枯れてゆくのだと分かっているからこそ、ひしひしと胸に迫るような気がします。木も草も、まるで夢を見ているようにうっとりと、秋の日ざしのなかに佇んでいるのです。

宮澤賢治の「銀河鉄道の夜」は、ジョバンニとカムパネルラのふたりが宇宙を走る幻想の鉄道に乗るのですから、言うまでもなくファンタジー作品なのですが、そこかしこに実体験が散りばめられています。

銀河鉄道の車窓から見る秋の野原もその一例で、リンドウの花が「月長石」すなわちムーンストーンに例えられるのは、決して空想ではありません。リンドウの青い花は奥のほうが白く、たまたま白いところだけが光線を受けると、まさに宝石のように光るのでした。

ひとかけづつ
きれいにひかりながら
そらから雪はしずんでくる

心象スケッチ『春と修羅』「丘の眩惑」

―空に浮かぶ―

雪ふり snowfall

寒いのが苦手で、できることなら冬など来ないでほしいと思っているのに、初雪が降ると胸が躍るのですから、我ながらわがままなものです。

初雪が降るころは寒さもそれほど厳しくなく、雪の結晶は空から降ってくるうちに互いにくっつき、ひとひらが大きくなります。それを「ぼたん雪」と呼ぶのは、ボタンの花びらに例えたのでしょう。大きな雪は重くて、ぼたぼたと降ってくるため、わたしは幼いころから「ぼた雪」と呼んでいました。

ぼた雪が降る日は、風もあまり強くないことが多く、雪は空から、まっすぐに落ちてきます。そのなかに立って空を見上げ、降りしきる雪に目を凝らしていると、自分の体のほうが、ふわふわと浮かんでゆくような感覚を得られます。

降る雪を眺めて浮遊感を味わうのは、自力では飛ぶことのできない人間に与えられた、ささやかな楽しみかも知れません。

宮澤賢治が書いているのは、寒さも本格的になったころの雪です。雪のひとひらは薄くて軽く、かすかな風にも揺れ、薄日を受けて光ります。より寒さの厳しい日には、雪は六角形の結晶のまま地上に届き、より風の激しい日には、吹雪となります。

風が息をつくように、ふいに止んだり、また吹き出したりするのも、雪が教えてくれたことでした。

こころに映った景色を写す

宮澤賢治が自らの詩を「心象スケッチ」と呼んだのは、こころに映った景色や浮かんだイメージを「そのとおり」に写したもので、フィクションを交えていないという意味だったようです。

ですから心象スケッチは、誰にでも書けるものです。実際、わたしたちはふだん、手紙を書いたり日記をつけたり、日常のひとコマをSNSに投稿したりしています。賢治もまた、自身の気持ちを言葉にしておきたかったのでしょう。もしも現代に生きていたら、SNSを駆使していたに違いありません。

ちなみに賢治は、心象スケッチの多くを野山を歩きながら書いていました。この本でもしばしば紹介している「小岩井農場」などは、「歩行詩」とも呼ばれています。そして歩くことは、こころをスケッチするときの大きなコツと言えるのでした。

なぜなら歩いているとき、わたしたちの目には常に新しい景色が映り、こころのなかには新しい言葉が生まれています。それは野山のみならず、街のなかでも同じでしょう。（おやっ、新しいカフェができた。うーん、コーヒーのいい香り！　パンも焼けているみたい。帰りに寄ってみよう！）

それをそのまま紙やパソコンに記してみれば、たちまちあなただけの「こころスケッチ」が生まれます。自然のなかで見つけた小さな感動を、ちょっとした文章にして周囲に伝えられるようになると、毎日はきっと、とても楽しくなってくるはずです。

［パートニ］

感動するこころと向き合って

発見を言葉にする

わたしたちは自然を見るとき、
知らず知らずに自身の気持ちを
重ねています。
こんな空を、前に見たのはいつで、
いっしょに見たのは誰だっただろう。
こころを動かされたら、その気持ちを、
自分の言葉にしてみませんか。
自然に向き合う日々は、
自身と向き合う時間を
もたらすものかも知れません。

「サンタ、マグノリア、枝にいっぱいひかるはなんぞ」

向こう側の子が答えました。

「天に飛びたつ銀の鳩」

こちらの子がまたうたいました。

「セント、マグノリア、枝にいっぱいひかるはなんぞ」

「天からおりた天の鳩」

童話「マグノリアの木」

じめじめとした霧のなか、険しい山谷を歩き続けてきた主人公、諒安。にわかに霧が晴れ、いちめんに咲いた「マグノリア」の花がその目に映りました。日の当たるところは銀のように光り、日陰になったところは雪のように見えます。諒安は、こころも明るくあたりを見まわしました。

そこで聴こえてきたのが、紹介した一節です。

マグノリアは、モクレン科モクレン属の学名で、モクレンはもちろんのこと、ホオノキやタイサンボクなどが含まれます。しかし、早春の野山でコブシの花が咲いているのを見たことがある方なら、「銀の鳩」や「天の鳩」という表現が、コブシの花を指しているのだと気づくのに、ほとんど時間はかからないでしょう。

コブシの花を表すのに、これほど的確な比喩があるでしょうか。

コブシやモクレンのつぼみは、温度にたいへん敏感で、陽の光が当たる南側だけが温められて伸び、結果としてその先端が、そろって北を指すことがあるそうです。そのため「コンパスプラント」とも呼ばれますが、つぼみや花がそろって同じ向きに傾いでいること、長い花びらが開くと翼のように見えることが、いっせいに飛び立つ鳩のように見える理由と思われます。

野山を歩いて、鳥や花の名前をメモしたり、写真を撮ったりする方はたくさんいます。しかし、その印象や特徴、感動を文章で書きとめておく方は、多くはないように感じます。宮澤賢治が生きていた時代は、野山を持ち歩ける手軽なカメラもなく、言葉やスケッチで記しておくしか方法がありませんでした。それは、不便なことだったに違いありませんが、だからこそ、これほど美しい表現が残されたとも言えます。

ちなみに、マグノリアに冠せられた「サンタ」や「セント」は、キリスト教で「聖者」を示すものと考えられます。いっぽう、諒安という主人公の名前からも察せられるように、このおはなしには仏教の言葉が散りばめられています。「マグノリアの木」は、仏教とキリスト教、ふたつの世界が優しく融け合うおはなしです。

賢治は十八歳のときに法華経に出会うと、熱心な信者となりました。一時は、周囲にも強く法華経を勧めたため、浄土真宗を信じる父とはたびたび激しい口論となり、キリスト教に関心を持つ友人とは考えの違いから疎遠になりました。

信じるものが異なるために、争いになるのは悲しいことです。賢治は自戒を込め、異なる宗教が融け合うおはなしを書いたのかも知れません。そこにコブシの花が咲いていたのは、鳩が平和の象徴とされる鳥であることと、無縁ではないでしょう。

北国に暮らす者にとって、コブシは春を告げるかけがえのない木です。その枝いっぱいに咲く花が、天から降りた銀の鳩だと思えるのは、賢治を読む者の幸いです。

そして、そら、光が湧いているでしょう。
おお、湧きあがる、湧きあがる、
花の盃をあふれてひろがり
湧きあがりひろがりひろがり
もう青ぞらも光の波で一ぱいです。
（中略）
湧きます、湧きます。
ふう、チュウリップの光の酒。
どうです。
チュウリップの光の酒。

童話「チュウリップの幻術」

チューリップの花から光の酒が湧くなんて、宮澤賢治の想像力には驚かされます。もっとも、ワイングラスには「チューリップグラス」という型もあるくらいですから、この花をグラスに見立てたくなる気持ちは、じゅうぶんに理解できます。そして賢治が光の酒と呼んだのは、チューリップの花のうえに立ち昇った陽炎でした。

盛岡高等農林学校にいたころ、賢治はつぎのような歌を詠んでいます。

かげろうは／うっこんこうに湧きたてど／そのみどりなる柄はふるわざり

「うっこんこう」は「鬱金香」で、チューリップの古名です。その花は、つぼみのなかの空気が温められると、花びらの内側だけが伸びて開きます。空気は、温度によって密度や屈折率が変わるので、花のうえで内外の空気が混ざり合うと、光が揺らいで陽炎が起こります。もちろん陽炎が起きても、チューリップの緑の茎は震えません。

賢治にとって、チューリップは懐かしい学生時代の記憶と結びついていました。親しかったなかまのなかには、考えの違いで疎遠になった友も含まれています。このおはなしに登場するふたりの主人公は、チューリップの光の酒で乾杯します。

「よう、あなたの健康を祝します」／「よう、ご健康を祝します」

これはドイツの乾杯「プロージット」を模したのでしょう。高等農林にはドイツトウヒがたくさん植えられています。賢治の友を思う気持ちが、陽炎を酒にしました。

―鳥のブラウン運動―

―ヒバリ skylark―

ひばり　ひばり
銀の微塵《みじん》のちらばるそらへ
たったいまのぼった
ひばりなのだ
くろくてすばやくきんいろだ
そらでやる
Brownian movement

心象スケッチ『春と修羅』「小岩井農場」

ヒバリのオスが空のどこかで盛んにさえずるようになると、春はもう本番です。その声は、ほかの鳥のさえずりとは一線を画しています。森のなかで鳴いている鳥なら、木の葉をはじめ遮るものがあるため、姿が見えないのは仕方がありません。ところがヒバリは、遮るものの何ひとつない空のうえで鳴いているのです。どこかだなんて悠長なことは言っていられません。声の主はどこにいるのだ、きっと見つけてやろうと、わたしは幾度、まぶしい空に向かって目を細めたか知れません。

そうしてようやく、せわしく羽ばたきながら空中にとどまり、にぎやかに声をまき散らしている黒い点を認めるのでした。

羽ばたきによって空中の一点で体を支える飛び方は、ヘリコプターなどの停止飛行と同様に「ホバリング」と呼ばれます。ホバリングの巧みな鳥としては、花の蜜を吸うアメリカのハチドリが有名です。日本であれば、トビなどのワシタカ類が地上の獲物を狙うときに見せてくれます。ちなみにワシタカ類が、羽ばたかずに風にのって空中で停止するとき、そちらは「ハンギング」と呼ばれるそうです。

ヒバリのホバリングは、さえずるのが目的ですから、ぴたりと静止する必要はないのでしょう。小刻みに浮き沈みしながら、ようやく空中にとどまっているように見えます。宮澤賢治はその動きを、「Brownian movement」と表現しました。

「ブラウン運動」なら、ずいぶん昔に化学の授業で習いました。「コロイド」という単元だったと記憶しています。気体や液体のなかに粒子が浮かんでいる状態をコロイドと言い、その粒子が水などの分子に衝突されて不規則に動いているとき、それを発見者ロバート・ブラウンの名前にちなんで、ブラウン運動と呼んだのでした。授業では、牛乳がコロイド溶液の例として紹介され、脂肪の粒子が動くさまを観察したことを覚えています。

賢治は、大気もまたコロイド状態で、粒子が浮かんでいることを踏まえ、「銀の微塵の散らばる空」と表現したのでしょう。朝や夕方に、雲の切れ間からこぼれて地上に降り注ぐ薄明光線は美しいものですが、あの光の筋も、大気中に浮遊している霧や煙などの粒子が照らされることによって、光の通り道が可視化されたものです。賢治は薄明光線を、「光のパイプオルガン」と呼んでいました。

自然界の面白さや美しさに触れてこころを動かされたとき、賢治はそれを、どうやって魅力的な言葉にしてやろうかと、愛用のシャープペンシルの先を舐め舐め思案したに違いありません。その表現は、一度なるほどと納得してしまうと、もうその言葉しか出てこなくなるほど、的を射ています。紹介した一節は、こう続きます。

おまけにあいつの翅ときたら／甲虫のように四まいある／飴いろのやつと硬い漆

ぬりの方と／たしかに二重にもっている

ホバリングするヒバリの翼の先が少し透けて見えるのを、賢治は甲虫の翅に例えて表現しているのです。わたしはもう、すっかり賢治の術中にはまっていて、頭上からヒバリの声が降ってくると、「やってる、やってる、カブトムシのブラウン運動！」なんて、その姿を見つける前からつぶやいてしまうのです。

上向きの薄明光線が見えることもある

「おや、つめくさのあかりがついたよ」
ファゼーロが叫びました。
なるほど向こうの黒い草むらのなかに
小さな円いぼんぼりのような白いつめくさの花が
あっちにもこっちにもならび、
そこらはむっとした蜂蜜《はちみつ》のかおりでいっぱいでした。
「あのあかりはねえ、そばでよく見ると
まるで小さな蛾の形の青じろいあかりの集まりだよ」

童話「ポラーノの広場」

子どものころ、シロツメクサで花かんむりを編むのが楽しくて、わたしは夢中になって遊びました。お日さまが西の山に沈んでも、まだまだ遊んでいたくて、ひたひたと迫る夕闇のなかで、うっすらと浮かび上がって見える白い花に手を伸ばしました。

おそらくは宮澤賢治も、シロツメクサの花が暗がりのなかで星のように点々と咲いているのを、印象深く眺めたことがあったのでしょう。「ポラーノの広場」というおはなしで、主人公のファゼーロたちは夜、「つめくさのあかり」に刻まれているという番号をたどって、密かに宴が開かれているらしい広場を目指します。

賢治も書いているとおり、そのぼんぼり状の花は多くの花の集まりですが、シロツメクサの属するマメ科の花は、チョウのように左右対称の形をしていることから、「蝶形花」と呼ばれています。賢治はそれを「蛾のかたち」と書いているのでした。

チョウとガは、分類上はどちらも鱗翅目に属しており、主に植物を食べる芋虫として幼虫時代を過ごし、蛹の時期を経て成虫になります。昆虫には未知の部分も多く、簡単に断言はできませんが、たとえば甲虫目の昆虫が、肉食のオサムシ、樹液を舐めるカブトムシ、水生のゲンゴロウなど、すみかも食べものも姿形も変化に富んでいることを考えると、チョウとガは、互いによく似ていると言って差し支えありません。

両者の違いをごく簡単に説明すれば、昼に活動するのがチョウで、夜に活動するのがガだと言えます。交尾の際も、昼に活動するチョウにとっては視覚情報が重要で、オスは翅の色彩パターンをもとに同種のメスを探します。いっぽう夜に活動するガは嗅覚が重要で、オスは匂いを嗅ぐための器官である触角が発達し、漂ってくるフェロモンをもとに同種のメスを探します。

もちろん自然に例外はつきもので、昼に活動するガもいますが、大まかに言えばガは夜のチョウなのです。「ポラーノの広場」は夜のおはなしなので、シロツメクサを「蛾形花」と呼んだっていいのだと、賢治は考えたのでしょう。石好きとして知られた賢治ですが、十歳ごろには昆虫採集に熱中したと伝えられます。また盛岡高等農林学校でも昆虫学の講義を受けましたから、それ相応の知識は持っていたはずです。

さて、主人公たちが探していた広場は、じつのところ町の権力者たちが密かに酒を醸造していた現場で、宴は選挙のための酒盛りでした。おはなしは、権力者たちが失脚し、ファゼーロたちが組合を作り、自分らでハムや皮製品やオートミールなどを拵えるようになって終わります。

それは、農村の貧しさに胸を痛めていた賢治の理想の暮らしです。明治時代に牧草として日本に導入されたシロツメクサは、賢治にとっては畜産を伴う近代的な農業のシンボルで、暗がりに点るかすかな灯りだったのかも知れません。

—輝きの色を例えてみると—

キンポウゲ　buttercup

そのきらびやかな空間の
上部にはきんぽうげが咲き
（上等のbutter-cup《バッタカップ》ですが
牛酪《バター》よりは硫黄と蜜とです）

心象スケッチ『春と修羅』「休息」

「バターカップ」はキンポウゲの英名です。なるほど、その花は鮮やかな黄色をして、バターを盛った小皿のようです。群れて咲くことが多く、遠くからでもきらびやかですが、近づいて見ると、花の内側が強い光沢を放っていることに驚かされます。

さあ、その色合いをなんと表現したらよいでしょう。わたしたちは、カメラでパチリとやることに慣れてしまって、言葉で考えてみることを忘れがちです。撮った写真をSNSなどに載せるときに、自分なりに言葉を添えてみてはいかがでしょう。

宮澤賢治は、キンポウゲの花の色を「硫黄」に例え、その内側の強い光沢を「蜜」でコーティングされているようだと書きました。試しに硫黄を検索してみると、あらまあ、ほんとうに！　キンポウゲの花の色は、バターよりも硫黄の結晶の色にむしろそっくりです。石や鉱物に詳しい賢治の面目躍如と言えましょう。

何かに詳しくなるのは、自分なりの基準を持つことなのかも知れません。賢治は幼いころから見てきた石や鉱物の色を、自然界で目にした色彩を表すときの「色見本」として使いました。そのことが、賢治の表現を個性的なものにしています。

その基準は、好きなものなら何だっていいのです。花でも虫でも、あるいは料理の色だってよいのではないでしょうか。キンポウゲの花の色を、上手にできた卵焼き！と表現したって、きっととても素敵です。

一体蛙どもは、みんな、夏の雲の峯を見ることが大すきです。じっさいあのまっしろなプクプクした、玉髄《ぎょくずい》のような、玉あられのような、また蛋白石《たんぱくせき》を刻んでこさえた葡萄《ぶどう》の置物のような雲の峯は、誰の目にも立派に見えますが、蛙どもには殊にそれが見事なのです。眺めても眺めても厭《あ》きないのです。そのわけは、雲のみねというものは、どこか蛙の頭の形に肖《に》ていますし、それから春の蛙の卵に似ています。それで日本人ならば、ちょうど花見とか月見とかいうところを、蛙どもは雲見をやります。

童話「蛙のゴム靴」

宮澤賢治は、雲を見るのが大好きでした。その気持ちをおはなしで表現しようとしたときに、代弁者としてアマガエルを思いついたのは大正解でした。だってアマガエルたちときたら、いつだって葉っぱのうえにいて、雲が雨を降らせてくれるのを待っているのです。その事情は話せば長くなりますが、そもそもカエルは、本来は水辺の生きものです。アマガエルたちも、幼生であるオタマジャクシ時代には、田んぼなどにいたのです。

けれどもアマガエルたちは田んぼで小さな小さな成体になると、そろって野原や林や畑を目指します。かれらが田んぼを離れる時期は、雨の日に田んぼの近くの道を車で通るのが辛くなるほどです。

晴れた日、アスファルトの道路は日に照らされて熱くなり、体の小さな生きものたちにとって渡るのは至難の業です。田んぼから出てきたカエルたちはアスファルトで足止めを食らい、雨が降って渡りやすくなるのを、いまかいまかと待っているのでしょう。ですから雨の日の道路は、まるで豆まきのあとのように、ちびアマガエルたちが出てくる結果となるのです。

アマガエルたちが、なぜそんな苦労をするのかは、想像するほかはありませんが、ガとチョウが時間をシェアしているように、ほかのカエルたちと「すみか」をシェアしているものと思われます。水辺を離れて暮らすアマガエルは、その足に水かきをほとんど持ちません。その代わり、どんなところでも登ってゆける吸盤を、指先に備えています。逆に、水辺に留まるトノサマガエルは吸盤を持たず、コンクリートの側溝などに落ちると、容易には這い出すことができません。

アマガエルの体は、乾燥から身を守るため粘膜で覆われていますが、その皮膚は、空気中の水分の変化を敏感にキャッチすることができるようです。空に雲が広がって雨の気配が近づいてくると、水が恋しいアマガエルはもう、嬉しくて嬉しくて、たまらないのでしょう。

「ゲッ、ゲッ、ゲッ、ゲッ……」

と鳴かずにはいられません。そもそも「雨蛙」という名前は、雨の前触れのように「雨鳴き」をすることからついたのでした。賢治はアマガエルたちに語らせます。

「どうも実に立派だね。だんだんペネタ形になるね」

「うん。うすい金色だね。永遠の生命を思わせるね」

「実に僕たちの理想だね」

ペネタ形とは、カエルたちの言葉で平たいことで、積乱雲が横に広がって「かなとこ雲」になったようすを指します。間もなく夕立が降るでしょう。

トウモロコシ　corn

おや、へんな動物が
立っているぞ。
からだは瘠《や》せて
ひょろひょろだが、
ちゃんと列を組んでいる。
ことによるとこれは
カマジン国の兵隊だぞ。
どれ、よく見てやろう。

童話「畑のへり」

農学校で教え、退職したあとも農家の指導に当たって田畑を歩きまわった宮澤賢治は、日々、たくさんのアマガエルを目にしていたことでしょう。

わたしもまた、田畑に囲まれた家に暮らしているので、おおよその見当はつくのです。草むらに立ってあたりを見まわすと、それはもうあちこちにアマガエルがいて、めいめいお気に入りの葉のうえにちんまりと座っているのでした。

その顔には、何とも言えない表情があります。口はまるで微笑んでいるよう、目は金色の七宝焼きのように光っていて、じっと見つめていると、何か話しかけてくるのではないかと思われます。でも、アマガエルが話しかけてくることはありません。そのせいでしょう、アマガエルを見つめていると、

「いったい何を考えているんだい?」

なんて、とうとうこちらから話しかけてしまうのです。

「畑のへり」というおはなしは、あまり有名ではありませんが、賢治がアマガエルたちの顔をのぞき込んで、彼らの考えていることを想像してみたのであろう内容です。ですからこれは、賢治の想像にほかならないのですが、いかにもアマガエルたちならこんなことを考えていそうだと、納得させられるから不思議です。

納得どころか、わたしはトウモロコシが並んで植えられているのを見ると、もはや

反射的に「あっ、カマジン国の兵隊だ！」と叫ばずにはいられません。「カマジン」とは、「鎌を持った人」という意味でしょうか。

二匹のアマガエルは、漫才でもしているように会話を続けます。

「どうしてどうして、全くもう大変だ。カマジン国の兵隊がとうとうやって来た。みんな二ひきか三びきぐらい幽霊をわきに抱えてる。その幽霊は歯が七十枚あるぞ。あの幽霊にかじられたら、もうとてもたまらんぜ」

トウモロコシの果穂を幽霊に例えるとは、賢治の酔狂にも程があります。しかしながら、アマガエルたちの語るトウモロコシの特徴は、まるででたらめというわけでもありません。いっぽうのアマガエルが、

「どうしてどうしてまあ見るがいい。どの幽霊も青白い髪の毛がばしゃばしゃで歯が七十枚おまけに足から頭の方へ青いマントを六枚も着ている」

と言えば、もういっぽうが、

「とうもろこしの娘さんたちの長いつやつやした髪の毛は評判なもんだ」

と答え、それに対してまたいっぽうが、

「よして呉れよ。七十枚の白い歯からつやつやした長い髪の毛がすぐ生えているなんて考えても胸が悪くなる」

と言葉を重ねるあたりは、トウモロコシの長いヒゲが、実から一本ずつ伸びためしべで、花粉を受けとるまで伸び続けるという事実に基づいています。

トウモロコシの歯と髪は、その受粉のしくみについて農学校の生徒たちに教えたときの、易しい例えだったのかも知れません。教え子さんの記憶によると、授業のときに居眠りをしている生徒を見つけた賢治は、悔しそうにチョークを噛んで、「こんどは眠くならないような面白い話をするからな」と語ったそうです。

授業の終わりに自作のおはなしを朗読すると決めていたのも、生徒の目を覚ますためだったでしょうか。読経で鍛えた賢治の声はバスで、ろうろうと響いたということですが、内容のほうは「正直なところちんぷんかんぷんで、先生が自分で自分に酔っているようだった」とか。

それでも、もしもこのおはなしを授業で読んでいたとすれば、アマガエルになり切って身ぶり手ぶりを交え、「どうしてどうして」と叫ぶ宮澤先生の姿はユーモラスで、教室には笑いの渦が起こったのではないかと想像します。

ちなみに、賢治は浮世絵の収集家としても知られています。歌川国芳の浮世絵には、歌舞伎に登場する幽霊をトウモロコシの姿で描いたものがあり、このおはなしは、あるいは浮世絵がヒントではないかと、わたしには思われます。

風の指を見る

チモシーグラス timothy grass

それは青いいろのピアノの鍵で
かわるがわる風に押されている

心象スケッチ『春と修羅』「オホーツク挽歌」

チモシーグラスを、風が揺らしています。

風とは、簡単に言うと空気の移動です。宮澤賢治は、わたしたちをとり巻く空気について、何もないのではなく「空気がそこにある」と考えていました。ですからチモシーグラスを見ても、それを揺らす風の指を感じられたのでしょう。

散歩をしていて、美しい桃色の花びらが落ちているのを見つけました。あたりは杉林で、こんな花は咲いていないはずなのに……と、立ち止まって周囲を見まわすと、垣根の向こうにある畑の片すみに、一本だけバラの木が植えられていたことに気づきました。風に運ばれた花びらが、その存在を教えてくれたのです。

賢治の表現に触れて、わたしもまた、自分の足もとにバラの花びらを落としてくれた、優しい風の指先を見ることができました。

風については、「曠原淑女《こうげんしゅくじょ》」という心象スケッチにも、こんな表現があります。

……風よたのしいおまえのことばを／もっとはっきり／この人たちにきこえるように言ってくれ……

賢治が言葉を紡ぐ理由のひとつは、自分が自然から受けとった楽しさや優しさを、みんなにも伝えたいという思いにほかなりません。言葉は、ときに風の手のひらとなって、悲しんでいるひとの頬を撫で、涙を乾かすこともできるのです。

おい　やまのたばこの木
あんまりへんなおどりをやると
未来派だっていわれるぜ

心象スケッチ『春と修羅』「一本木野」

秋の夕方、葉を落とした木々のシルエットが暮れゆく空に浮かび上がると、それぞれじつに個性的なことに感心します。木の形は、芽の位置や数、その芽から枝がどう伸びるかによって、種類ごとに異なるものでしょう。

それをさらに個性的にしているのは、生えている土地の状態や、隣接した木々との関係、あるいは剪定の有無など、さまざまな条件です。しかも木は、台風や雷や凍害によって折れたり、雪の重みで曲がったりしたときに、それを何事もなかったかのように修復できるわけではありません。

木は、自らの生きる場所や経験した出来事を、樹形という記憶に留めて生きてゆくいのちと言えます。そして多くは、数百年という長い年月を生きるのでした。

カシワは、柏餅にも使われる大きな葉を冬でも完全には落とさず、それが防風の役割を果たすため、風の強い山裾や海岸にも生えます。「山のたばこの木」とは、タバコのような大きな葉を持つカシワのことで、宮澤賢治はカシワが強風の影響を受けてよじれた樹形になっているようすを、舞踏に例えています。

「未来派」という言葉には、農学校で文学や演劇や踊りや音楽を生徒に勧め、変人と見られていた自身の姿を投影しています。木がその記憶を形に留めてゆくように、賢治は作品を残そうとしたのでしょう。言葉を残すことは、未来への伝言です。

メモ帳を胸ポケットに

宮澤賢治は、上着の胸ポケットにメモ帳とシャープペンシルを入れていて、ことあるごとに何かしら書きつけていたそうです。

たとえば「地球照」の項で紹介した「東岩手火山」のなかにも、「まだ一時間もありますから／私もスケッチをとります」との一節が見えています。夜明けを待っているので、あたりは暗いのですが、賢治はお構いなしです。実際、このときの賢治はメモ帳のページが折れているのに気づかず、「はてな　わたくしの帳面の／書いた分がたった三枚になっている」と書いています。

教え子さんによると、賢治は暗がりや風雨のなかでも構わずにメモをとるので、あとから自分でも読めなくなって困ることがあったそうです。それでも書かずにいられないのですから、賢治はよほど、いま見て、いま感じたことを、忘れたくないという思いが強かったのでしょう。そうしないと、記憶はするすると流れ去ってしまいますが、野山での出会いは一期一会、忘れてしまうのはもったいないのですから、無理もありません。

わたしたちがいま、スマートフォンを使って気軽に写真や動画を撮ったり、言葉を音声メモで残したりしているのを見たら、賢治はきっと、自分も使ってみたくてうずうずしたはずです。もっとも、画像や音声メモで記録を残しただけでは、こころをスケッチするには足りないかも知れません。短くとも言葉を添えておくと、記憶はよりいっそう鮮やかに保存されるでしょう。

［パート三］

新たな発見に出会う

視野を広げて

身近な自然に目を向けるようになると、
退屈という言葉を忘れるようです。
小さな草むらにもいのちが満ち、
自然のドラマを見せてくれます。
より面白く見るために、
調べたり見方を変えたりしてみませんか。
ほんの少し視野を広げるだけで、
見え方ががらりと変わるかも知れません。

（木霊《こだま》は）そのつやつやした
緑色の葉の上に次々せわしく
あらわれては又消えて行く
紫色のあやしい文字を読みました。
「はるだ、はるだ、
はるの日がきた、」
字は一つずつ生きて息をついて、
消えてはあらわれ、
あらわれては又消えました。

童話「若い木霊」

春、地中から伸びてくるカタクリの芽は、二枚の葉がつぼみを抱いて、固く巻き合わさったものです。カタクリの花はうつむいて咲きますが、つぼみは芽のなかに上向きに収まっていて、おくるみに包まれた赤んぼうのようです。芽がほぐれて葉が広がり、茎が伸びてつぼみがうつむき、花が咲く。そのいちいちの動きとともに春の気配が濃くなり、北国の春は、カタクリが運んでくるのではないかとさえ思われます。

開いた葉には、アントシアニンによる紫色の斑が不規則に入っていて、何かしら書かれているようにも見え、春の訪れを知らせる緑のはがきのようでもあります。宮澤賢治が「あやしい文字」と言っているのは、この斑のことでしょうか。

けれども、その葉がお日さまに照らされているようすに目を凝らすと、表面を覆うクチクラ層の構造によるものでしょう、かすかに虹色の光沢が浮かんでいるのを見てとることができます。「あらわれては又消えました」という表現には、どうもその光沢のほうが似つかわしいように、わたしには思われてなりません。

目を凝らすことではじめて見えるものが、この世にはたくさんあります。

人間の目は優れたものですが、それに虫めがねを加えると、さらに世界が広がります。個人的な好みですが、文房具店で売っているような学習用の虫めがねが手軽で便利です。バッグやポケットにひとつ、虫めがねを持ってみてはいかがでしょう。

野ばらが咲いている
白い花
秋には熟したいちごにもなり
硝子のような
実にもなる野ばらの花だ

心象スケッチ『春と修羅』「習作」

親しくなったノイバラの木があります。「いまどうしているかな」と案じ、たびたび足を運んでいると、一年のおおよその変化を知ることができます。そうするとわたしのこころにも、いつしか一本のノイバラがすみついてくれたように思うのです。

こころにノイバラがいると、よその場所でノイバラに出会っても、そこでどんなふうに生きているのか想像できるようになります。花の時期なら「秋には実がいっぱいできるね」と語りかけますし、あたりのノイバラがそろって赤い実をつけている草原を歩けば、「春にはみんなで咲いたんだね、来年の春、また来るね」とつぶやきます。

それは植物だけではなく、昆虫をはじめとする生きものにも当てはまります。たとえばアゲハの幼虫を飼い、どの葉をどれくらい食べて大きくなり、どのようにして蛹になり、どれほどの期間を経て羽化するのかを見れば、野外でアゲハを見つけたときも、その前後のようすが想像できます。

ノイバラでもアゲハでも、「知っていますか」と問われたら、たいていのひとが「はい」と答えることでしょう。ですがそれは、「名前を知っている」という意味に過ぎないのかも知れません。どんなに足しげく通っても、つぶさに観察したつもりでも、出会うたびに新たな発見が尽きないのですから、ほんとうの意味で相手を知るのは、とても難しいことなのだと思い至ります。

はんの木の群落の下には
すぎなをおのずとはびこらせ
（中略）
かがやく露をつくるには
、、、や、、、すべて顕著な
水孔をもつ種類を栽《う》える
思うにこれらの朝露は
炭酸その他を溶かして含む
その故に　屈折率も高ければ
また冷たくもあるのであろう

心象スケッチ「装景手記」

宮澤賢治は、作家として有名になることがないままに、その生涯を終えました。活字になったのは自費出版の心象スケッチ『春と修羅』と、友人に資金援助を得て自分で出した童話集『注文の多い料理店』の二冊と、いくつかの雑誌、新聞に発表した作品のみです。そのほかの多くの作品は、原稿用紙やノート、手帳に記されていたものが、賢治の死後に遺族や研究者の手で活字にされました。

ここに紹介する「装景手記」も、ノートに書き残されていた作品のひとつです。賢治は水辺の植栽を考えながら、できるだけ「水孔」の多い植物を植えようと企画していいます。その目的は、「かがやく露」を作るためでした。

植物の葉には、酸素や二酸化炭素などの気体の出入り口として「気孔」がありますが、根から吸い上げた水が植物体内で過剰になったときなど、排水口として機能しているのが水孔です。先に朝露の種類について述べましたが、結露による水滴が葉っぱの表面にいちめんにできるのに対し、葉っぱのへりの、葉脈の末端にできている水滴が、水孔から溢れた水すなわち「水孔溢水」です。

植物が水を必要とするのは、光のエネルギーを利用して水と二酸化炭素から酸素とブドウ糖を作り出す「光合成」が葉緑体で行われているためです。ところが夜には光合成が行われず、加えて光合成とは逆の反応……酸素を使ってブドウ糖を分解し、エネルギーをとり出したのち水と二酸化炭素ができる「呼吸」のみが行われるので、水が余ってしまうというわけです。

賢治は、水辺なら地中の水分は潤沢で根からの給水は容易だろうから、水孔の多い植物を植えれば朝にはきっと水分が排出される。またその水は、わずかながらも二酸化炭素などを含んでいるはずで、結露による水滴とは密度も異なれば屈折率も違う。水孔溢水の煌きが格別なのは、そのせいに違いない……と考えていたようです。

水孔溢水による水滴が、どのような成分を含んでいるかについては、近年になって研究が進み、たんぱく質や炭水化物を含んでいて、昆虫の栄養補給に役立っていることが明らかになってきました。「装景手記」を書いた時点で、そのような知見はなかったはずですが、賢治はその煌きが単なる水滴とは異なることを見てとって、作中に記しておこうとしたのでしょう。

しかしながら具体的な植物名はどうしようか、と考えたとき、まっさきに浮かんだのはスギナでしたが、残りは少し迷ったようです。

イネ科は、しばしば尖った葉先に水滴をつけているし、ヘビイチゴなどで顕著なようにバラ科にも水滴ができる。フキの葉は、水滴はできるが葉表に産毛があってきれいな玉にはならない。加えてこれは文学作品なのだから、読んだときの言葉のリズムもよくなくちゃ……。

「ここやここ」という部分は、すぐには植物名を決めかねて、あとで吟味しようと思った跡なのでしょう。ノートに残された作品ならではの面白さです。皆さま、それぞれに水孔溢水を観察して、文を完成させてみてはいかがでしょう。

さて、賢治の言う「装景」とは、いまで言う「ランドスケープデザイン」で、公園などを作るという造園的な意味合いはもちろんのこと、広く人間と自然の関わりを踏まえながら、地域全体をよくしてゆこうという営みを指すようです。

「装景手帳」の終わりのほうには、

この国土の装景家たちは／この野の福祉のために／まさしく身をばかけねばならぬ

という一節があり、賢治が装景を、その身を賭けてとり組むべき仕事と考えていたことが分かります。「野の福祉」とは、ここでは自然を健やかに保ち、自然とともにあるひとの暮らしを豊かにすることと考えてよいでしょうか。

賢治は盛岡高等農林学校で、造園学に触れたものと思われます。農業や林業を科学的に研究することで世のなかをよくしようとする高等農林での学問は、岩手の農村を貧しさから救いたいと願う賢治の思想を支えていました。

「おまえはうずのしゅげはすきかい、きらいかい」

蟻は活発に答えます。

「大すきです。誰だってあの人をきらいなものはありません」

「けれどもあの花はまっ黒だよ」

「いいえ、黒く見えるときもそれはあります。

けれどもまるで燃えあがってまっ赤な時もあります」

「はてな、お前たちの眼にはそんなぐあいに見えるのかい」

「いいえ、お日さまの光の降る時なら誰にだって
まっ赤に見えるだろうと思います」

「そうそう。もうわかったよ。

お前たちはいつでも花をすかして見るのだから」

童話「おきなぐさ」

オキナグサのように草丈が高くなく、うつむいて咲く花について、わたしたちは、ほとんど後ろ姿しか見ていないと言えます。

宮澤賢治は春の野原で、地面に這いつくばってオキナグサの花を見上げたことでしょう。このおはなしのなかで、オキナグサが日に透かされると赤く見えることを教えてくれるのは「蟻」ですが、この場面は、地面を行き交う蟻の視点を得た賢治と、人間の視点のまま野原に立っている賢治の、自問自答でもあるのでした。

紹介した一節に続いて、蟻は、こうも語ります。

「あの葉や茎だって立派でしょう。やわらかな銀の糸が植えてあるようでしょう」

賢治は夜の道を歩いていて、いきなり麦畑に入ると「ほほーっ」と歓声を上げながら歩き回り、「銀の波を泳いできました」と語ったことがあるそうです。おそらくは、そんな経験の数々が、賢治の想像力を豊かにしていました。賢治でなくとも、さわさわと茂る草のあいだを歩いたことがあれば、オキナグサの毛深い葉っぱのうえを歩くときの蟻の気分を感じとることはできるでしょう。視点を自在に変えられる。それこそは、想像力をもった人間ならではのこころの働きと言えそうです。

では、オキナグサが上から見ると黒っぽく、下からだと赤く見えるのは、どういう理屈によるのでしょう。

わたしたちが色を感じるのは、見ているものが反射した光線の色によります。まったく光を反射しないものは、黒く見えます。ですからオキナグサを上から見たとき、その花が黒っぽく見えるのは、花が光を反射していないことを物語るのでしょう。いっぽう、オキナグサの花を下から見たときに赤っぽく感じられるのは、降り注いだ光のうち、赤い光だけが透過してくるためと考えられます。

蟻のサイズになって透過光線を体感するには、大きなパラソルの下にでも入ってみましょうか。あるいは新緑のころに、落葉広葉樹の下に立ってみてもよさそうです。

そもそも葉っぱが緑に見えるのは、光合成をするための葉緑体を含んでいて、その葉緑体が、赤や青の光線に比べて緑の光を吸収せず、反射しているためだそうです。葉緑体に吸収されなかった緑の光の一部は、散乱しながら葉の奥へ進んで、いくらかは葉を通過して透過光線となります。

新緑のころならまだ葉も薄く、透過する緑の光を楽しむことができます。葉のうえにいる虫や小動物のシルエットが、くっきりと浮かび上がるのもそのころで、「葉っぱのうえに、いるのはだあれ?」「アマガエル!」なんて自問自答してみたり。

夏が近づき、木の葉が厚くなると透過する光の量は減りますが、そのころには葉のあいだから差し込む木漏れ日が明瞭になり、鮮やかな光の筋を見せてくれます。

まっ赤なアネモネの花の従兄《いとこ》、
きみかげそうやかたくりの花のともだち、
このうずのしゅげの花を
きらいなものはありません。

童話「おきなぐさ」

宮澤賢治が「うずのしゅげ」と方言で呼んでいるのは、キンポウゲ科オキナグサ属のオキナグサです。真っ赤なアネモネは、地中海沿岸を原産とする園芸植物で、キンポウゲ科アネモネ属を代表する花ですから、同じキンポウゲ科でありながら属の異なる草の関係を、賢治は「従兄」と呼んでいることになります。

「アネモネ」の語源は「風」だそうで、風で種子を飛ばすオキナグサをアネモネと結びつけたかった賢治の気持ちは、よく分かります。日本では、早春の野原で風に揺れるアズマイチゲやキクザキイチリンソウなどが、アネモネ属に含まれます。

また、カタクリはユリ科、「きみかげそう」ことスズランはいまではキジカクシ科ですが、かつてはユリ科でした。これらの植物は、オキナグサとは異なる科に属するため親戚ではなく、春の野原で風に揺れる「ともだち」と書かれているのでしょう。

このように、植物を「科」でとらえることに、わたしは大賛成です。

賢治の作品に、たびたび登場する植物について特徴を述べてみると、たとえばサクラやリンゴ、ナシやイチゴなどはバラ科ですが、いずれも五枚の花びらを持ち、それを緑色のガクが包んでいます。園芸品種のバラでは、おしべがたくさんの花びらに変化しています。

いっぽうキンポウゲ科は、花びらを包むガクが大きく鮮やかな色合いになって、本来の花びらはなくなっていたり小さかったりします。先にキンポウゲやオキナグサ、アネモネを紹介したときは、便宜的に「花びら」と表記しましたが、正確には「花びらに見えるガク」だったというわけです。キンポウゲ科には緑色の本来のガクはないので、茎のうえに、直に花びらがついているように見えます。

さらにユリ科は、花びらが六枚あるように見えますが、内側の三枚が本来の花びらで、外側の三枚はガクが花びらと同じになったものです。そのためキンポウゲ科と同じく、茎のうえに直に花がついているように見えます。春の球根植物で言えば、チューリップはユリ科ですが、ヒヤシンスはスズランとともに、いまではキジカクシ科に移っています。ちなみにキジカクシは、野菜のアスパラガスに似た野生の植物です。

科ごとの大まかな特徴を覚えておくと、見知らぬ花に出会っても、「分からない」と諦めず、何科に属するかを推理することができます。そうすれば図鑑を調べるときにも、目的のページに的確に近づけます。賢治を真似て、「この花はアネモネの妹だね」なんて、易しい例え話もできるでしょう。

それは、街なかの花屋の店先や、パーティー会場のフラワーアレンジメントを眺めるときも同じです。考える手がかりを持つことは「分からない」のモヤモヤを「なんだろう」のワクワクに変えてくれる、おまじないのようです。

「まあ大きなバッタカップ！」

「ねえ　あれツキミソウだねえ」

「はははは」

「学名は何ていうのよ」

「学名なんかうるさいだろう」

「だって普通のことばでは属やなにかも知れないわ」

「エノテララマーキアナ何とかっていうんだ」

「ではラマークの発見だわね」

「発見にしちゃなりがすこうし大きいぞ」

心象スケッチ「春と修羅　第二集」「北上川は熒気《けいき》をながしィ」

硫黄の結晶によく似た黄色のオオマツヨイグサを、「大きなバッタカップ」と、キンポウゲの英名を引き合いに出して話題にしているのは、宮澤賢治の妹でしょうか。学名まで持ち出しているところを見ると、生物学にもなかなか詳しいようです。

学名は、世界で通じる動植物の名前で、一七〇〇年代、スウェーデンの生物学者、カール・フォン・リンネによって「二名法」が体系づけられました。ラテン語で、「属名」とその種の特徴を形容詞で表した「種小名」のふたつを並べて示されます。

学名が使われるのは主に研究の現場で、たとえばわたしは大学で昆虫学を専攻していたので、カイコガを学名で「ボンビックス　モリ」と呼んでいました。「ボンビックス」は「絹」、「モリ」は食樹にちなんだ「クワの」という意味です。

賢治が言及している「エノテラ　ラマーキアナ」という学名は、いまではほかの名に統一されてしまって使われていませんが、「ラマーク」とはジャン・パティスト・ラマルク、一八〇九年にいち早く「進化論」を唱えてチャールズ・ダーウインにも影響を与えたフランスの生物学者です。オオマツヨイグサには変異が多く、生物学や進化論の黎明期には、重要な研究対象とされていました。

日常では、あまり使うことのない学名ですが、調べてみると、その生きものが世界的かつ歴史的にどう位置づけられていたのかを、うかがい知ることができます。

のぼせるくらいだこの鳥の声
（その音がぼっとひくくなる
うしろになってしまったのだ
あるいはちゅういのリズムのため
両方ともだ　とりの声）

心象スケッチ『春と修羅』「小岩井農場」

鳥のさえずりを全身に浴びながら歩いていた宮澤賢治の耳に、にわかに静けさが訪れました。それを賢治は、自分が通り過ぎてしまったために、鳥の声が遠のいて聴こえなくなったのか、それとも鳥たちのなかで「注意のリズム」が発せられたために、かれらが声をひそめたのか、どちらだろう、両方ともだ！　と考えています。

賢治の言う「注意のリズム」とは、「警戒音」のことと思われます。さまざまな動物で、なかまに危険を知らせる警戒音の存在が知られていますが、鳥たちの声にもそれに類するものがあるようだと、賢治は経験的に気づいていたのでしょう。

近年ではシジュウカラの鳴き声についての研究が進み、単に警戒を意味する声だけではなく、警戒する対象がヘビなのかタカなのかカラスなのかを鳴き分けていることや、語順による意味の違い、すなわち文法があることなどが、分かりつつあります。

賢治に気づきをもたらしたのも、主にシジュウカラだったでしょうか。

わたし自身、庭木にかけた巣箱に営巣したシジュウカラを見守り、ヒナたちがてんでばらばらに巣立ったり、モズやヘビに襲われかけたりして、親たちが必死に叫んでヒナを呼んだり敵を追い払ったりしたさまを、目の当たりにしました。

自然界の生きものが発する声に意味があるのだと気づくのは、かれらにこころを寄せ、その身になってものを考えることと、ほとんど同義であるように思います。

あそこの割合上のあたりに松が一本生えてましょう。
平ったくてまるで潰《つぶ》れた蕈《きのこ》のようです。
どうしてあんなになったんですか。
土壌が浅くて少し根をのばすとすぐ岩石でしょう。
下へ延びようとしても出来ないでしょう。
横に広がるだけでしょう。
ところが根と枝は相関現象で似たような形になるんです。
枝も根のように横にひろがります。

随筆「台川」

「台川」は、こころのつぶやきをそのままに記した心象スケッチふうの随筆です。この日、宮澤賢治は花巻農学校の生徒を引率し、花巻市の西部にある釜淵の滝を訪ねています。賢治はあたりの地質を紹介しながら植物との関係を熱心に語り、しきりに「わかりますか」と尋ねますが、生徒の反応はいまひとつだったようです。

賢治は、自身の解説が生徒のこころに響いていないことに、軽く落胆しています。

わかるだろうさ。けれどもみんな黙って歩いている。これがいつでもこうなんだ。さびしいんだ。

ですから紹介した一節は、生徒の興味を引くよう、いささか誇張したのかも知れません。木の根と枝葉の成長が、互いに関わり合っているのは事実ですが、木の形は、風向きや日照、積雪など、さまざまな環境の影響を受けていて、賢治が言うような、根との相関現象が成立するかどうかは、正直なところ定かではありません。

紹介した一節に続いて、賢治はこうも語っています。

「桜の木なんか植えるとき根を束ねるようにしてまっすぐに下げて植えると土から上のほうも箒のように立ちましょう。広げれば広がります」

木は巨大な生きもので、その根が地中でどのように広がっているかをつぶさに知るには、ていねいに掘り出して調べるほか方法はありません。それは決して容易なことではなく、木の根を知るうえで、地上部から根のようすを推測することは、いまなお大きな課題になっているようです。

容易には目に見えないものは、意識しないとその存在を忘れがちです。賢治の解説は、あまり正確とは言えませんが、木を見たときに、地中に広がる根の存在を想像できる生徒を育てるのが、その意図するところだったのではないでしょうか。

根の主な働きは、ひとつは地中の養水分を吸い上げることで、もうひとつは地上部を支えることとです。また、根の張り方は植物の種類ごとに特徴があるそうです。それは、木でも草でも同じですが、木の巨大さを考えると、地上部を支える根の働きは、いっそう重要になるでしょう。木を植えるときは、木が本来の姿で根を伸ばせるよう、地中のスペースにも配慮する必要がありそうです。

さて、釜淵の滝への散策も終盤になると、賢治はだいぶリラックスしてきます。

おれははだしで行こうかな。いいやややっぱり靴ははこう。面倒くさい靴下はポケットへ押し込め、ポケットがふくれて気持ちがいいぞ。／素あしにゴム靴でぴちゃぴちゃ水をわたる。

教え子さんたちのこころに残っているのは、懸命の解説よりもむしろ、こんなふうに楽しそうになったあとの宮澤先生の姿ではないかと、わたしは思うのです。

「春が来るとも見えないな」
「いや、来るときは一度に来る
春の速さはまたべつだ」
「春の速さはおかしいぜ」
「文学亜流にわかるまい、
ぜんたい春というものは
気象因子の系列だぜ
はじめははんの紐を出し
しまいに八重の桜をおとす
それが地点を通過すれば
速さがそこにできるだろう」

心象スケッチ「春と修羅　第三集」「実験室小景」

冬、あたりはいちめんの雪景色で、毎日のように同じ道を歩いていても、日々の変化はそれほど大きくありません。そんななか、ハンノキの雄花は少しずつ長くなってゆきます。その花は高い枝の先に下がっていて、近くでつぶさに見ることはできませんが、寒さのなかで開花しているらしいのです。

ましてや雌花は小さくて、木の下からは、はっきりと認めることができません。ハンノキは風に花粉を運んでもらう風媒花なので、鮮やかな花びらを備えて虫を誘う必要がないのです。しかし雌花も、枝先で確かに咲いているのでしょう。

そして十センチほどに伸びた雄花は、足もとの雪がまだ残っているうちに咲き終わると、ぼたぼたと落ちてくるのでした。そのころには、木々の冬芽を覆っていた芽鱗もはがれ落ちてきて、雪面に点々ともようを描きます。クルミの木の下に、コーヒーをこぼしたような染みが出来ているのは、木から滴った樹液です。

宮澤賢治が言うように、あたりがどれほど雪に覆われていようとも、春はハンノキの枝先で雄花が伸び出したころから、密かに始まっているのでしょう。日に日に伸びてゆくその花は、本格的な春への時を刻む時計の振り子のようです。それが落ちるころには、春はわたしたちの目にも明らかになっているのでした。

雪が消え、地面にフクジュソウやアオイスミレ、アズマイチゲやカタクリが咲き始めると、北国の春はもう駆け足です。足もとではビロウドツリアブや越冬明けのクジャクチョウ、羽化したてのキアゲハが飛び、頭上ではマンサク、ウメ、サクラがリレーをするようにして咲いてゆきます。

やがて、ホオノキが銀の産毛に守られた葉を一枚、また一枚と広げるころになると、足もとのカタクリは咲き終わり、タチツボスミレやニリンソウ、チゴユリが、それにとって代わります。タンポポの花が咲き、さまざまな虫が一気に活動を始めます。

そうして賢治が言うように、園芸品種の八重のサクラが咲き終わるころには、足もとには初夏を告げるシロツメクサが、すでに咲く準備を整えています。カンゾウが伸び出し、カッコウが鳴いたら、あたりは夏の気配です。

それはもちろん一様ではなく、年によってはサクラが咲いてから雪が降ることもあります。春の進みが遅くて、「いつまでも寒いね」と言い合ったり、あっという間に夏の暑さが来て「ことしは春がなかったよ」と嘆き合うこともあります。春の進みは賢治が言うように、ハンノキが雄花を伸ばしてから八重のサクラが咲き終わるまでの二点を観測するだけでも、年ごとにようすが異なるでしょう。

幸いなことに、わたしのいつもの散歩コースにはハンノキも八重のサクラもあるので「うふふ」ですが、何と何を見るかは、それぞれに決めてよいのだと思います。

こんな面白い日が、
またとあるでしょうか。
いつもは歩けない黍《きび》の畑の中でも、
すすきで一杯だった野原の上でも、
すきな方へどこ迄《まで》でも行けるのです。
平らなことはまるで一枚の板です。
そしてそれが沢山の小さな小さな鏡の
ようにキラキラキラキラ光るのです。

童話「雪渡り」

岩手で「雪渡り」ができるのは、一月の下旬から二月の上旬ぐらいのことでしょうか。雪の表面が一枚の板のように凍るのは、そもそも雪の表面がいったん溶けないといけません。ですからそれは、間もなく春が訪れるという喜びを伴った遊びです。同じおはなしのなかの宮澤賢治の描写も、春の予感に満ちています。

赤い封蝋《ふうろう》細工のほおの木の芽が、風に吹かれてピッカリピッカリと光り、林の中の雪には藍色の木の影がいちめん網になって落ちて日光のあたる所には銀の百合が咲いたように見えました。

ホオノキの冬芽は赤くなり、光は明るく輝いています。雪渡りができるのは、晴れた日の朝に限るのです。放射冷却で、ぐっと気温が下がった日のほうが、雪面がしっかりと凍るからです。雪面を踏み抜かないように用心しながら、片足をそっと雪のうえにのせます。おとなになったいまは、数歩で踏み抜いてしまいますが、幼いころはほんとうに、どこまでも、どこまでも歩けたのです。

「雪渡り」というおはなしは人気があり、たくさんの方が朗読をなさいますが、子どもたちが「キック、キック、トントントン」と言いながら歩く、その「キック」や「トントン」のニュアンスを出すには、実際に雪渡りをしてみたほうがよさそうです。

どうぞ雪渡りを体験しに、冬と春のあいだのイーハトーブへおいでください。

おとなも絵本を

野山を歩いて、見たもの聴いたもの、こころに浮かんだ言葉を、どんどんメモしてゆけば、こころスケッチができます。

けれど、見たもの聴いたものが、すんなりと言葉に変換されるわけではありません。むしろ、「この花の名前はなんだろう?」と立ち止まることのほうが多いのかも知れません。そうなると、野山の動植物に詳しくなりたいと思うのが人情でしょう。

「グスコーブドリの伝記」という作品で、天涯孤独になった主人公のブドリが、生きる力を身につけるきっかけになったのは、「いろいろな木や草の図と名前の書いてある」本でした。宮澤賢治は、「ブドリはいっしょうけんめい、その本のまねをして字を書いたり、図をうつしたりしてその冬を暮らしました」と書いています。

図鑑を調べ、分からなかった動植物の名前がひとつずつ判明してゆくのは、こころ楽しいものです。使い勝手のいい図鑑が見つかれば、目にした花の名前を箇条書きに並べただけでも、立派なこころスケッチになるでしょう。

とは言え動植物の種類は多く、図鑑を使いこなせないのも正直なところです。そんなときは、絵本を参考にしてみるのも一案です。わたし自身がテキストを書いているので分かりますが、かがく絵本は、幼い子ども向けに易しくリズミカルな文に徹しながら、専門家によるチェックを受けて、内容に間違いがないよう吟味しています。おとなの方にも、何かしら得るものがあるはずです。

［パート四］

つまらないものはない

先入観を捨ててみる

この世のあらゆる生きものは、
互いにつながりを持って存在しています。
いなくなっていい生きものなど、
この世にはひとつも存在しません。
これまで見ていなかった、
さまざまな生きものに目を向けてみませんか。
足もとの小さな虫に、思いがけず
励まされる日が訪れるかも知れません。

――誰も褒めなかったら――サクラ cherry blossoms――

誰も桜が立派だなんて言わなかったら
僕はきっと大声でそのきれいさを叫んだかも知れない。
僕は却《かえ》ってたんぽぽの毛の方を好きだ。
夕陽になんか照らされたらいくら立派だか知れない。

随筆「或る農学生の日誌」

宮澤賢治は、そうとうなヘソ曲がりだったのだと、わたしは思います。賢治はサクラが嫌いだったと言われることがありますが、賢治が嫌っているのは、古くから歌に詠まれたりして、日本人にもてはやされてきたサクラです。紹介した一節の前には、つぎのように記されています。

ぼくは桜の花はあんまり好きでない。朝日にすかされたのを木の下から見ると何だか蛙の卵のような気がする。それにすぐ古くさい歌やなんか思い出すし(中略)**どうもいやだ。そんなことがなかったら僕はもっと好きだったかも知れない。**

カエルの卵に似ているとは、ソメイヨシノなどのサクラの花がこんもりとした房になって咲く、それを日に透かすと、花芯の部分だけが点々と黒い影になって見えることを指しているのでしょう。こよなくカエルを愛していた賢治にしては矛盾を含んだ表現ですが、足もとの草を見ずサクラばかりをもてはやす人びとは、カエルの卵に美を見出さないだろうという、いささかの皮肉を込めているのかも知れません。

もしもみんなが褒めなかったら、賢治だってサクラの美しさを大声で叫びたいのです。いえ、誰も見ていないところで叫んでいたでしょう。わたし自身も、花見の時期には喧騒を避けてその美しさを味わいます。もちろん足もとには、タンポポやさまざまなスミレが咲いています。賢治流のヘソ曲がり、大いにお勧めいたします。

春の蛾は
ひとりで水を叩きつけて
飛び立つ
飛び立つ
飛び立つ

心象スケッチ
「春と修羅　第三集」「バケツがのぼって」

バケツの水に、光沢を帯びた翅を持つ小さな蛾が落ちました。その翅は水面に張りついて、はばたいても飛び立つことができません。そのようすを見つめている宮澤賢治は、さぞかし手を差し伸べたかったに違いありません。

けれども蛾は、ひとりではばたき、ついに飛び立ったのでした。賢治はその姿に、こころ震わせています。虫は小さな生きものですが、その生きざまは、ときに見るものを励まします。

虫はふつう、数多くの卵を産みます。絹糸をとるために家畜化されたカイコを例にとってみても、一頭のメスがおよそ三百個の卵を産みます。飼育されていればこそ、そのほとんどが育って繭を作りますが、野生の虫ではそうはゆきません。

自然界において、虫は圧倒的に食べられる存在です。虫たちにとって、食べられていのちを失うことは運命で、生きのびて成虫となり子孫を残すことは奇跡です。食べられても食べられても誰かは生き残るために、虫はたくさんの卵を産むのでした。

それでも、卵から生まれてくる虫たちは、自らの生を諦めてはいません。誰かは生き残る、その誰かは自分だと、みんなが自分の生命力を信じているのです。

そんな虫たちを見ていると、わたしは彼らに、「あなたもがんばれ」と言われているような気がしてなりません。虫は、生きることの先生だと思うのです。

「いいえ。なあに、毒蛾なんて、
てんでこの町には
発生《で》なかったんです。
昨夜、こいつ一疋《いっぴき》見つけるのに、
四時間もかかったのです」
一人の教授が答えました。

童話「毒蛾」

虫は、食べられることを前提にたくさん生まれてきますから、予定通りに食べられないと大発生を起こしてしまいます。

「毒蛾」は、大正十一年から二年間にわたり岩手県でドクガの大発生が起こったことをもとに書かれました。ドクガの体表には幼虫時代の毒毛が付着しており、皮膚炎を起こします。当時の新聞には恐ろしげな見出しが躍りました。宮澤賢治は、ドクガなどほとんど発生しておらず、一匹を捕獲するのに四時間を費やすような地域の人びとまで戦々恐々としているようすを、苦々しく思っていたようです。

昆虫の大発生は、捕食者や病原菌の働きによって長くとも数年で収まります。大正十一年のドクガについても、盛岡高等農林学校で昆虫学を教えていた門前宏多博士の談話が発表され、寄生バチの減少がドクガ大発生の原因であろうと分析されました。

ドクガの幼虫のように、被害をもたらす可能性のあるものが大発生した場合、対処する必要があることは確かです。ただ、「どれがドクガの幼虫か分からなかったので毛虫はすべて駆除した」など、ほかの虫を巻き添えにするのは避けたいところです。ドクガ科には、やはり大発生を起こすマイマイガなど、多くの種類が含まれますが、たとえば「リンゴドクガ」というような名前がついていても、無毒の毛虫がたくさんいることを申し添えておきますね。

栗の木が青じろい紐《ひも》のかたちの花を
枝いちめんにつけるころになりますと、
あの板から這《は》いあがって行った虫も、
ちょうど栗の花のような色とかたちになりました。
そして森じゅうの栗の葉は、
まるで形もなくその虫に食い荒らされてしまいました。
それからまもなく虫は、大きな黄いろな繭を、
網の目ごとにかけはじめました。
するとてぐす飼いの男は、狂気のようになって、
ブドリたちを叱《しか》りとばして、その繭を籠《かご》に集めさせました。
それをこんどは片っぱしから鍋に入れてぐらぐら煮て、
手で車をまわしながら糸をとりました。

夜も昼もがらがらがらがら三つの糸車をまわして
糸をとりました。
こうしてこしらえた黄いろな糸が
小屋に半分ばかりたまったころ、外に置いた繭からは、
大きな白い蛾がぽろぽろぽろぽろぽろぽろ飛びだしはじめました。

童話「グスコーブドリの伝記」

「グスコーブドリの伝記」は、ブドリという主人公がイーハトーブ地方を襲った飢饉によって天涯孤独となりながらも、懸命に生きるおはなしです。ブドリが生きる力をつけてゆく、そのきっかけになったのが、「てぐす飼い」でした。

ブドリは、てぐす飼いを生業《なりわい》とする男に言われるまま、森に網をかけ、木に幼虫を放飼して繭を収穫するのですが、その方法は、江戸時代の天明年間から信州安曇野の有明地方で行われていたヤママユガの飼育を参考にしていると思われます。

しかし「てぐす虫」を、そのままヤママユガとして描く宮澤賢治ではありません。記された特徴を読むと、てぐす虫はヤママユガ科に属する三種類を組み合わせた幻の虫であると、すぐに気づくでしょう。

まず、クリの葉を食べ、クリの花そっくりの姿になるのは、クスサンの幼虫です。この毛虫はかつて、釣用のテグス糸を手製で拵えるのに使われていました。その体内にある絹糸腺をとり出し、酢に浸けるなどしてタンパク質を固めてから、両手で勢いよく引き延ばして糸にするのです。繭は茶色い網目状で飴細工のように固く、一本の糸をとり出すには不向きです。繭ごとほぐして綿状にしてから、それを紡ぐことはでき、米沢紬では「栗繭」として帯などを織るのに使われています。

また、カイコと同じようにして糸をとる黄色の繭は、飼育方法とともにヤママユガと一致します。その繭は、ふつう鮮やかな黄緑色をしていますが、繭の色は幼虫時代に浴びた日光によって変化することが分かっており、木陰に作られた繭は黄色みを帯びる傾向があります。その絹糸は薄緑色の光沢を持ち、高価なことから「絹のダイヤモンド」とも称されます。

さらに白い蛾とは、オオミズアオと思われます。先の二種に比べると、絹糸昆虫としての印象は薄いのですが、栗本丹洲による江戸時代の図譜『千蟲譜』を見ると、オオミズアオの繭からも糸をとったようです。茶色い蛾の多いヤママユガ科にあって、青白く輝くオオミズアオ成虫の美しさは、異彩を放っていると言えましょう。

クスサン、ヤママユガ、オオミズアオ。てぐす虫は、賢治の空想の産物です。ただし、いずれも「絹」という素材を得るために利用されてきた歴史を持つこと、それが森にすむ野生の虫であることに、賢治が昆虫に対して抱いていた期待を感じさせます。

昆虫の利用については、食用はもちろん医薬成分の抽出、あるいは虫をモデルにした小型ロボットの開発など、さまざまな分野で研究がなされていますが、野山には、まだまだ未知の可能性を秘めた昆虫が存在しているはずです。むろん、利用価値があるから貴重だとするのは、賢治の意図するところではありません。有用であるか否かにかかわらず、あらゆる存在を尊ぶことから、新たな発見が生まれるのでしょう。

よだかは、実にみにくい鳥です。
顔は、ところどころ、
味噌をつけたようにまだらで、
くちばしは、ひらたくて、
耳までさけています。
足は、まるでよぼよぼで、
一間とも歩けません。
ほかの鳥は、もう、よだかの顔を
見ただけでも、いやになってしまう
という工合《ぐあい》でした。

童話「よだかの星」

ヨタカを「醜い」と書いた宮澤賢治の真意はどこにあるのでしょう。

わたしには、読者ひとりひとりのこころに「あなたはどう思う?」と問いかけているように思われます。それは、夜のチョウであるガが地味な色合いをしているのと同じで、昼、座っています。ヨタカは確かに地味な色合いをして、昼は林床などにぺたりと視覚によって獲物を探す捕食者たちに見つからないための保護色でしょう。

生きものの姿形には理由があり、美醜という価値観とは無縁です。何かを「醜い」と思うとき、それは文字通り、「醜いと思う自分がいる」ことを意味します。

「よだかの星」を書くに当たり、賢治は原稿用紙に「ぶどしぎ」と、オオジシギの方言も書きとめています。オスが朝や夕方に、凄まじい声と羽音を立てて飛ぶオオジシギですが、賢治はそれを、小岩井農場を訪ねたときに印象深く眺めたようです。

特筆すべきは、ヨタカもオオジシギも、夏鳥として日本に渡来し、秋になるとヨタカは主にマレー半島などの東南アジアに、オオジシギに至っては地球を縦断するような渡りをしてオーストラリア方面に向かうことです。

夏の夜、暗い森のほうから「キョキョキョキョキョキョ」というヨタカの声が聴こえてくると、ことしもまた、この日本によく来てくれたと思い、日本の森は、君たちが子育てするのにじゅうぶんな豊かさを残しているだろうかと、問いたくなるのです。

――一匹ごとに伝記を書く　――羽虫　flying bugs　――

あのありふれた百が単位の羽虫の輩が
みんな小さな弧光燈《アークライト》というように
さかさになったり斜めになったり
自由自在に一生けんめい飛んでいる
それもああまで本気に飛べば
公算論のいかものなどは
もう誰にしろ持ち出せない
むしろ情に富むものは
一ぴきごとに伝記を書くと
いうかもしれん

心象スケッチ「春と修羅　第二集」「落葉松の方陣は」

宮澤賢治が眺めているのは、ユスリカなどの蚊柱のようなものでしょう。「公算論のいかもの」とは、彼らが生き残る確率を論ずることでしょうか。虫たちが食べられていいのちを失う存在であることは、賢治も強く意識していたようです。しかし蚊柱をじっと見つめているうちに、賢治にはもうひとつの真実が見えてきます。夕方なのでしょう、西日を受けてひとつひとつが光りながら飛んでいる、その小さな光の軌跡は、決して一様ではないのでした。

幼稚園、保育園の先生を目指す学生さんたちに、虫嫌いを克服するための講義をしたときのこと、わたしは全員に一匹ずつダンゴムシを渡し、一時間の観察のあとに名前をつけてもらいました。すると学生さん曰く。

「わたしのダンゴムシはしずかです。あまり動かないからです」「ずっと歩いている し速いので俊足くんです」「大きくてすぐに丸まるので大丸です」

そう、ダンゴムシにも個性があるのでした。正確にはダンゴムシは甲殻類で、昆虫ではありませんが、無数に生まれてくるいのちとして同列に語ることをお許しください。「ダンゴムシ」や「ユスリカ」と語るとき、わたしたちは彼らを集合体としてとらえています。しかし「ヒト」がいろいろであるように、彼らもまた、めいめいに異なるいのち。名前をつけて、伝記を書いたっていいのです。

「おれはあした山烏を
追いに行くのだそうだ」
「まあ、山烏は強いのでしょう」
「うん、眼玉が出しゃばって、
嘴が細くて、ちょっと見掛けは
偉そうだよ。しかし訳ないよ」
「ほんとう」

童話集『注文の多い料理店』「烏の北斗七星」

冬、田んぼで群れているカラスを、宮澤賢治は軍隊に見立てています。若い大尉は、「山烏」を駆逐しに行かなければならないのだと許嫁に打ち明けました。群れるカラスと、討たれる山烏、この二種のカラスには、留鳥のハシボソガラス、ハシブトガラスを当てはめるよりも、冬鳥のミヤマガラスとワタリガラスを当てはめたほうが、しっくりするような気がします。ミヤマガラスはユーラシア大陸に分布する小柄なカラスで、日本では大群で行動します。ワタリガラスは北半球に広く分布する大柄なカラスで、日本には北海道の東部に少数が飛来します。

日本では嫌われがちなカラスですが、ワタリガラスは、その賢さと品格によって古くから愛され、聖書や神話にも登場します。洋書にも親しんでいた賢治は、この鳥を知っていたでしょう。自然や生き物を見るとき、古くから伝わる国内外の伝説や神話などを踏まえることは、視点を広く深く、豊かにしてくれます。

北欧神話では、最高神オーディンにつき添う二羽のワタリガラスがいて、その名の「フギン」は「思考」、「ムニン」は「記憶」を表すそうです。それは、戦争によって失われるものの象徴のようにも、わたしには思われます。

（どうか憎むことのできない敵を殺さないでいいように早くこの世界がなりますように）

戦を終えた若い大尉は許嫁に無事を報告すると、山烏の死に涙を流すのでした。

ナチラナトラのひいさま

蠕虫　bloodworm

日は黄金《きん》の薔薇
赤いちいさな蠕虫《ぜんちゅう》が
水とひかりをからだにまとい
ひとりでおどりをやっている
（ええ　8《エイト》　γ《ガンマ》　e《イー》　6《シックス》　α《アルファ》
ことにもアラベスクの飾り文字）

心象スケッチ『春と修羅』「蠕虫舞手《アンネリダタンツェーリン》」

手水鉢に溜まった水のなかで、小さな生きものが身をくねらせています。宮澤賢治はそれを、ギリシャ文字などで視覚的に表し、アラビア風の装飾模様に例えます。「蠕虫」は、ミミズや線虫など這うように動く生きものの総称です。また作品名に添えられている「アンネリダ」というルビは、ミミズやヒルを含む「環形動物門」を指す学名で、一八〇九年、無脊椎動物の分類体系を整えたジャン・バティスト・ラマルクが命名しました。

この生きものについては、おそらくは賢治も「ミミズのようなもの」としか分からなかったのでしょう。ミミズに似た水中の生きものとして、俗に赤虫とも呼ばれるユスリカの幼虫がいますが、仮にユスリカの幼虫だったとしても、この世にはユスリカだけで少なくとも一万五千種はいるといいます。賢治が見た生きものの正体は、簡単には決められそうもありません。

自然は奥深く、庭先の手水鉢のなかにさえ、未知なる生きものが存在します。わたしたちの目の前にいる一匹の虫が、図鑑にも載っていない新種である可能性だって、大いにあるのです。ちなみに賢治はこの心象スケッチの続きで、この生きものを「ナチラナトラのひいさま」と呼び換えます。正体不明の生きものは自然の不思議の象徴、それを例えて「天然自然のお姫さま」とは、じつに賢治らしいではありませんか。

ところが丁度その時、またもや青ぞら高く、
かたつむりのメガホーンの声がひびきわたりました。
「王様の新しいご命令。王様の新しいご命令。
すべてあらゆるいきものはみんな気のいい、
かあいそうなものである。
けっして憎んではならん。以上」

童話「カイロ団長」

虫は、わたしたちにとって最も身近な野生動物で、こころを寄せさえすれば、いのちのドラマを目の前で見せてくれます。

ですから虫を嫌うのは、人生の損失だと言っても過言ではありません。ましてや子どもたちが、まわりのおとなの影響で虫嫌いになるのは悲しいことです。幼稚園、保育園の先生を目指す学生さんに、虫嫌いを克服するための講義をするようになったのは、そんな理由からでした。

学生さんの虫嫌いは深刻でした。八割は、トンボやチョウのようなポピュラーな虫さえ苦手です。さらに、嫌われているのは虫だけではなく、みんなの口からは、ヘビ、トカゲ、カエル、クモ、ムカデ、はてはダンゴムシまで、出るわ出るわ。

面白いのは、これらすべてが苦手という学生は意外なほど少なく、「ヘビは平気だけど毛虫が苦手」とか「毛虫は大丈夫だけどカエルが怖い」などと、それぞれ細かく好き嫌いがあることでした。平気なものから触れ合っていって、苦手な生きものにも少しずつ目を向けてみようと、わたしは呼びかけました。

苦手な気持ちは、その生きものから目を背けていればいるほど、肥大化してゆくようです。カエルが苦手だというある学生は、「容器ごしに見るだけなら」と、恐る恐る手を伸ばしました。そうして固く閉じていた目をそっと開けたとたん、

「あれっ？」

と目をぱちくり。「カエルって、こんなでしたっけ？　これなら平気ですぅ」。強ばっていた顔に笑みが浮かぶまで、ものの十秒もかかりませんでした。

さて、ここで紹介しているのは「カイロ団長」というおはなしの一節です。

三十四のアマガエルは、カイロ団長ことトノサマガエルに騙されて家来になり、無理難題を言いつけられてしまいます。アマガエルたちが、すっかり疲れ果ててへたへたと倒れたとき、空から王さまの命令が響いてきます。

「ひとに物を言いつける方法。第一、ひとにものを言いつけるときはそのいいつけられるものの目方で自分のからだの目方を割って答を見つける。第二、言いつける仕事にその答をかける。第三、その仕事を一ぺん自分で二日間やって見る。以上」

これは、いつでも相手の身になってものを考えたいという賢治の信念を、具体的に仕事の量に例えて示したものです。さあ、それならと、トノサマガエルに同じ仕事をやらせてみると、トノサマガエルはすぐにへたばってしまいました。

そのとき、再び空から響いてきたのが、紹介した一節です。すべてのいのちを愛おしむことは容易ではありませんが、いつでも目指すべき目標のように思います。

そうそうオールスターキャストというだろう。
オールスターキャストというのがつまりそれだ。
つまり双子星座様は双子星座様のところに
レオーノ様はレオーノ様のところに、
ちゃんと定まった場所でめいめいのきまった光りようを
なさるのがオールスターキャスト、な、ところが
ありがたいもんでスターになりたいなりたいと言っている
おまえたちがそのままそっくりスターでな、
おまけにオールスターキャストだということになってある。

童話「ひのきとひなげし」

「ひなげし」たちが「スターになりたい」と言っているのは、丘のうえに群がり生える「ひなげし」たちです。彼女らが望んでいるのは歌手、しかもコーラスではなくソロで歌うような人気者になりたいのです。そこへ悪魔が医者に化けてやって来て、アヘンのとれるけし坊主をくれるなら、きれいになれる薬をあげると、ひなげしたちをそそのかします。するとその傍らに立つ若い「ひのき」が、医者の正体を見破って追い払ってしまうのでした。怒るひなげしたちに、ひのきが言います。

おまえたちが青いけし坊主のまんまでがりがり食われてしまったらもう来年はここへは草が生えるだけ、それに第一スターになりたいなんておまえたち、スターて何だか知りもしない癖に。スターというのはな、本当は天井のお星さまのことなんだ。そらあすこへもうお出になっている。もすこしたてばそらいちめんにおでましだ。

ひのきの語る「オールスターキャスト」は、さまざまな個性の持ち主であるひなげしたちに、それぞれの役柄で歌うことのたいせつさを、満天の星に例えて易しく伝えたものでした。しかしこの星を、さまざまな生物種、さまざまな環境に置き換えてみれば、いまで言う「生物多様性」の説明としても、分かりやすいように思います。

生物多様性とは、多様な環境があって、多様な種類の生きものが存在すること、さらに同じ種類の生きもののなかでも、多様な遺伝子があって、多様な個体が存在すること、加えて、多様な生きものは互いに関わり合いながら存在していて、その関わりも多様であること、つまりは、あらゆるレベルで多様であること、と考えられます。

その重要性が論じられるようになったのは一九七〇年代のことで、一九八〇年代には「生物多様性」という言葉が生まれました。そして一九九二年には、ブラジルのリオデジャネイロで開催された「環境と開発に関する国際連合会議」いわゆる「地球サミット」において、「生物の多様性に関する条約」が締結されました。

「ひのきとひなげし」が書かれ始めたのは、一九二一(大正十)年ごろのことです。生物多様性という言葉が生まれる半世紀も前に、宮澤賢治はその重要性を、おはなしという形で表現していたと言えるでしょう。それは、「つまらない存在などない」と強く考えていた賢治が、おのずとたどり着いた結論だったかも知れません。

自然界、人間界のあらゆる場面で、あらゆる存在がいのちを輝かせてゆける。それが、賢治の言うオールスターキャストだったと思われます。

ちなみに、ひときわ賢いリーダー格のひなげしは、名前を「テクラ」と言いますが、テクラとは、一九〇六年にドイツの天文台で発見された小惑星の名です。密かに名前まで星からもらっているとは、賢治もなかなか用意周到です。

自分なりの表現を

自然は奥深い世界で、図鑑を調べても正体の判明しない動植物に出会うのは、ままあることです。しかし、こころスケッチは論文ではありませんし、必ずしも正しい名前を記さなくてもよいのではないでしょうか。

宮澤賢治はエスペラント語を独学しており、おはなしのなかで盛岡を「モリーオ」、東京を「トキオ」などと書くのは、その影響と思われます。ただしエスペラント語では、名詞の末尾は母音「o」で終わる約束ですが、賢治は花巻を「ハームキヤ」、岩手を「イーハトーブ」とするなど、真面目に守ってはいません。

エスペラント語は、一八八〇年代にルドヴィコ・ザメンホフによって創案された世界共通語です。賢治がエスペラント語から受けた最も大きな影響は、自分で言葉を創ってもよい、という考えだったのではないかとも言われています。

それは、こころをスケッチするときも同じで、正確な名前が分からなければ、オリジナルなニックネームをつけて記しておくことをお勧めします。ぴったりのニックネームをつけようと、じっくりと目を凝らしたり、そっと触れてみたりするひとときが、かけがえのない時間となり、新たな発見をもたらすこともあります。

動植物の名前だけではありません。こころスケッチは、ほかの誰にも書けないあなただけのもの。この感動を、どう表現しようかと思案し、これだ！　という言葉を見つけたときには、パズルの最後のピースがパチリとはまるような達成感を味わえるでしょう。

［パート五］

暮らしとともにある自然

よりよく自然とつき合う

自然はわたしたちの暮らしを彩り、
衣食住を支え、水や空気をもたらします。
いっぽう、肥大化するひとの暮らしが、
自然を壊してゆくのも事実です。
ひとの暮らしを、自然が強大な力で
破壊することもあります。
自然に親しみながら、ひととして暮らすとは、
矛盾と向き合うことかも知れません。

そこで四人の男たちは、てんでにすきな方へ向いて、
声をそろえて叫びました
「ここへ畑起こしてもいいかあ」

「いいぞお」森が一斉にこたえました。

みんなは又叫びました。

「ここに家建ててもいいかあ」

「ようし」森はいっぺんにこたえました。

みんなはまた声をそろえてたずねました。

「ここで火たいてもいいかあ」

「いいぞお」森はいっぺんにこたえました。

みんなはまた叫びました。

「すこし木貰ってもいいかあ」

「ようし」森は一斉にこたえました。


童話集『注文の多い料理店』「狼森と笊森、盗森」

「狼森《オイノもり》と笊森《ざるもり》、盗森《ぬすともり》」には、緩やかに遷移してゆく噴火のあとの原野に、慎ましく自然と折り合いをつけながら住みついてゆく人びとの姿が描かれています。

噴火がやっとしずまると、野原や丘には、穂のある草や穂のない草が、南の方からだんだん生えて、とうとうそこらいっぱいになり、それから柏や松も生え出し、しまいに、いまの四つの森ができました。

これらの森は、盛岡の西に位置する日本最大の民間牧場、小岩井農場の北部に実在します。登場する森のうち、狼森は標高三七九メートルの明瞭なピークを持ち、小岩井農場を訪ねると、いまでも眺めることができます。

小岩井農場の開設は一八九一（明治二十四）年、鉄道庁長官だった井上勝が、日本鉄道会社副社長の小野義眞と、三菱社の岩崎彌之助の協力を得て実現しました。農場の名は、創始者三人の名字から一文字ずつをとったものです。

この農場ができる前、一帯は岩手山の噴火による火山灰土壌に覆われ、酸性が強く排水が悪いため、じめじめして木も疎らな原野が広がっていたそうです。井上は、鉄道を敷設するに当たって多くの「美田良圃」を潰してきたことに悔恨の念を抱いており、その原野を美しい農場に変えようと決意したと伝えられます。

開発に際しては、暗渠による排水と石灰による酸性土壌の中和が行われ、植林が進められました。その農法や経営は近代的で、子どもたちは日本初の私立小学校に通いました。一九〇一（明治三十四）年にはエアシャー、ホルスタイン、ブラウンスイスという三種の乳牛が輸入され、翌年にはバターの生産も始まっています。

盛岡高等農林学校で農業を学んだ賢治にとって、小岩井農場はじつに魅力的な場所だったに違いありません。反面、それが農民主体ではなく大きな権力と財力によって実現したことや、岩手山麓の原野と引き換えであったことは、いささかの失望を伴っていたものと推察します。湿性の原野もまた、動植物にとっては貴重な生息地です。

賢治は鉄道が大好きでした。しかし鉄道は、井上も悩んでいたように田畑を潰します。その田畑も、野原や森を開墾した結果です。自然は決して不変なものではありませんが、人為による改変は激烈で、環境の変化によって絶滅する生物種も、年々その数を増しています。「ここへ畑起してもいいかあ」と土地に尋ねる精神性は、わたしたちが手放してはいけないもののひとつでしょう。

わたし自身も「ここへ家建ててもいいかあ」と尋ねてみたことがあります。いま住んでいる土地は、もともとは田んぼで、埋め立てるとすめなくなる生きものがいることから、庭の一角に小さな池を掘りました。それはほんとうにささやかな水辺ですが、春ともなればシュレーゲルアオガエルが、夜な夜な愛らしい声で鳴くのです。

「あなたはふだんどんなものを
おあがりになりますか」
「さよう。
栗の実やわらびや野菜です」
「野菜はあなたが
おつくりになるのですか」
「お日さまが
おつくりになるのです」

童話「紫紺染《しこんぞ》めについて」

このおはなしの主人公は「山男」で、ふだん山のなかで暮らしていますから、「野菜」と言っても、食べているのは主にウドやシドケなどの「山菜」です。わざわざ栽培したものではありませんし、育てたのは「お日さま」だと山男が語るのは、無理もないことでしょう。

もっとも、それが野菜か山菜かはさておき、植物が太陽の光エネルギーを用いて光合成を行い、二酸化炭素を固定しブドウ糖などの有機物を作っていることに変わりはありません。山男はただ、科学的な事実を的確に述べただけなのかも知れません。

しかしながら、畑で育てる野菜の場合は、山男が言うほど易しくはないのが現実です。岩手には、火山に由来する「黒ボク」という酸性土壌が広がっていて、植物の生育に必要なリン酸が不足するため、多くは化学肥料が使われます。

宮澤賢治は、農家の肥料相談にも応じていましたが、当時、金肥とも呼ばれる化学肥料を買って使えるのは、余裕のある農家に限られていました。貧しい農家が肥料を買わずにすむよう、賢治は花巻農学校の教え子に、リン酸の豊富な腐葉土をはじめ、窒素源として田には馬糞、畑や果樹園には鶏糞を活用するよう勧めました。

「自然をよく見て、農業の参考にするように」と、生徒たちにくり返し語っていた賢治は、山で山菜が育つように畑で野菜が育つことを、どれほど願ったか知れません。

それは家畜撲殺同意調印法といい、
誰でも、家畜を殺そうというものは、
その家畜から死亡承諾書を受け取ること、
又その承諾証書には家畜の調印を要すると、
こういう布告だったのだ。
さあそこでその頃は、牛でも馬でも、もうみんな、
殺される前の日には、主人から無理に強いられて、
証文にペタリと印を押したもんだ。
ごくとしよりの馬などは、わざわざ蹄鉄をはずされて、
ぼろぼろなみだをこぼしながら、
その大きな判をぱたっと証書に押したのだ。

童話「フランドン農学校の豚」

日本で養豚が始まったのは明治期で、イギリスから黒いバークシャー種と白いヨークシャー種が導入されました。「フランドン農学校の豚」は、一九二二（大正十一）年の冬、花巻農学校で飼育されていたヨークシャー種のうち一頭が、実習のために肉にされ、みんなで豚汁を食べたという出来事をもとにしています。

あらゆるいのちにこころを寄せ、相手の身になって考えてみることを常としていた宮澤賢治にとって、それは辛い経験だったかも知れません。

外来ヨークシャイヤでも又黒いバアクシャイヤでも豚は決して自分が魯鈍《ろどん》だとか、怠惰だとかは考えない。最も想像に困難なのは、豚が自分の平らなせなかを、棒でどしゃっとやられたとき何と感ずるかということだ。

賢治は「まことに豚の心もちをわかるには、豚になって見るより致し方ない」と書きながら、ヨークシャイヤにひとの言葉を語らせます。

豚は語学も余程進んでいたのだし、又実際豚の舌は柔らかで素質も充分あったのでごく流暢《りゅうちょう》な人間語で、しずかに校長に挨拶した。

実際、ブタの知能はかなり高いことが判明しているそうです。そして「死亡承諾証書」を見せられたヨークシャイヤは、「いやです、いやです」と言って泣くのでした。

さらに、と畜される前夜のヨークシャイヤを、賢治はこう記します。

一生の間のいろいろな恐ろしい記憶が、まるきり廻り燈籠のように、明るくなったり暗くなったり、頭の中を過ぎて行く。

たとえ食べられる運命であっても、家畜たちの一生の記憶は、できるだけ優しく温かなものであるべきだ。賢治は、そう考えていたのかも知れません。賢治がここで書こうとしていたのは、肉食そのものの否定ではなく、家畜として飼われている動物の精神的、肉体的な苦痛だったのではないかと、わたしには思われます。

これは、いまでは「アニマルウエルフェア」と呼ばれている考えです。日本語では適切な訳語がなく英語のまま使われていますが、おおまかに言うと「動物がよく生きること」で、具体的には「動物が生活し、死亡するまでの身体的、心理的な状態」が「快適に保たれること」を意味します。これについて、国際的なガイドラインが策定されたのは二十一世紀になってからのことでした。賢治はやはり、未来派なのです。

これまで肉をいただくときは、動物のいのちに感謝してきました。しかしアニマルウエルフェアを考えたとき、家畜の一生が幸せなものであるよう、愛情深く手塩にかけて育てたうえで、市場へと送り出している生産家の存在を思わずにいられません。

タイトルにある「フランドン」は、おそらくエスペラント語によるもので、「フランド」は「美味」を表します。真のおいしさとは、感謝とともにあるのでしょう。

おい、熊ども。
きさまらのしたことはもっともだ。
けれどもな おれたちだって仕方ない。
生きているにはきものも着なきゃ
いけないいんだ。おまえたちが
魚をとるようなもんだぜ。
けれどもあんまり無法なことは
これから気を付けるようにいうから
今度はゆるしてくれ。

童話「氷河鼠《ひょうがねずみ》の毛皮」

「氷河鼠の毛皮」は、黒狐《くろぎつね》の毛皮九百枚を求めてベーリング行きの急行列車に乗ったイーハトーブのタイチなる人物が、白熊のような雪狐のような、皮が毛皮でできているようなものたちに襲われるはなしです。紹介したのは、ことの成り行きを見ていた黄色い帆布の青年が、熊どもからタイチを助けて言うせりふです。

これは「よだかの星」のなかで、虫のいのちをいただいて生きていることに悩んだよだかが、かわせみに言うつぎのせりふと共通します。

お前もね、どうしてもとらなければならない時のほかはいたずらにお魚を取ったりしないようにして呉れ。

たいせつなのは「いたずらに」というところでしょう。タイチはラッコ裏の内外套と海狸《ビーバー》の中外套、黒狐表裏の外外套などを着たうえ氷河鼠の頸のところだけで拵えた上着を着ていますから、明らかに過剰です。ちなみに「氷河鼠」という動物は実在しませんが、おそらくは北極近辺に生息するネズミのなかま「レミング」でしょう。

皮もまた動物からのいただきもの。余分には持つまいというのが、宮澤賢治の主張です。食肉と同様、皮製品のすべてを否定しているのではありません。賢治自身、鹿革の陣羽織を仕立て直した上着を、「汚れなくていい」と言って愛用していました。靴やバッグを含め、皮製品は大事に使われることで、再び育つものとも言えます。

ね、そら、僕たちのやるいたずらで
一番ひどいことは日本ならば
稲を倒すことだよ、二百十日から
二百二十日ころまで、昔はその頃
ほんとうに僕たちはこわがられたよ。

（中略）

それからも一つは木を倒すことだよ。
家を倒すなんてそんなことは
ほんの少しだからね、
木を倒すことだよ、
これだって悪戯《いたずら》じゃないんだよ。
倒れないようにして置けぁいいんだ。

童話「風野又三郎」

有名な「風の又三郎」では、風の精と思しき転校生が登場しますが、それより先に書かれた「風野又三郎」では、又三郎は正真正銘の風の精です。彼が現れるのは九月一日から九月十日で、季節の目安となる「雑節」のうち「二百十日」から「二百二十日」に当たります。いずれも台風が多く、農家の厄日とされています。

けれども又三郎は、かつてはこのころにイネの花が咲いたので怖れられたが、いまでは農業が進んでイネはもう柔らかな実になっているのだし、少しくらい倒れてもそれほど収穫が減りはしない、と語ります。

二百十日のころは、夏のあいだ張り出していた太平洋高気圧が弱まるため、赤道付近で発生した台風が日本に到達しやすい時期です。

「どうしてもその頃かけなくちゃいけないからかけるんだ」

という又三郎の言葉には、説得力があります。このおはなしを書くに当たり、宮澤賢治は地球規模での風の動きに関心を寄せていました。岩手県の水沢（現・奥州市）にある緯度観測所に足を運び、生の観測データから、上空に偏西風ジェット気流が存在することなどを推測したようです。

風には風の事情があり、それは地球規模の大きなものである。だからこそ気をつけて、被害が少なくなるよう備えてゆきたいと、賢治は考えていたのでしょう。

領域を保つ

川 river

おや、川へはいっちゃいけないったら。

童話「オツベルと象」

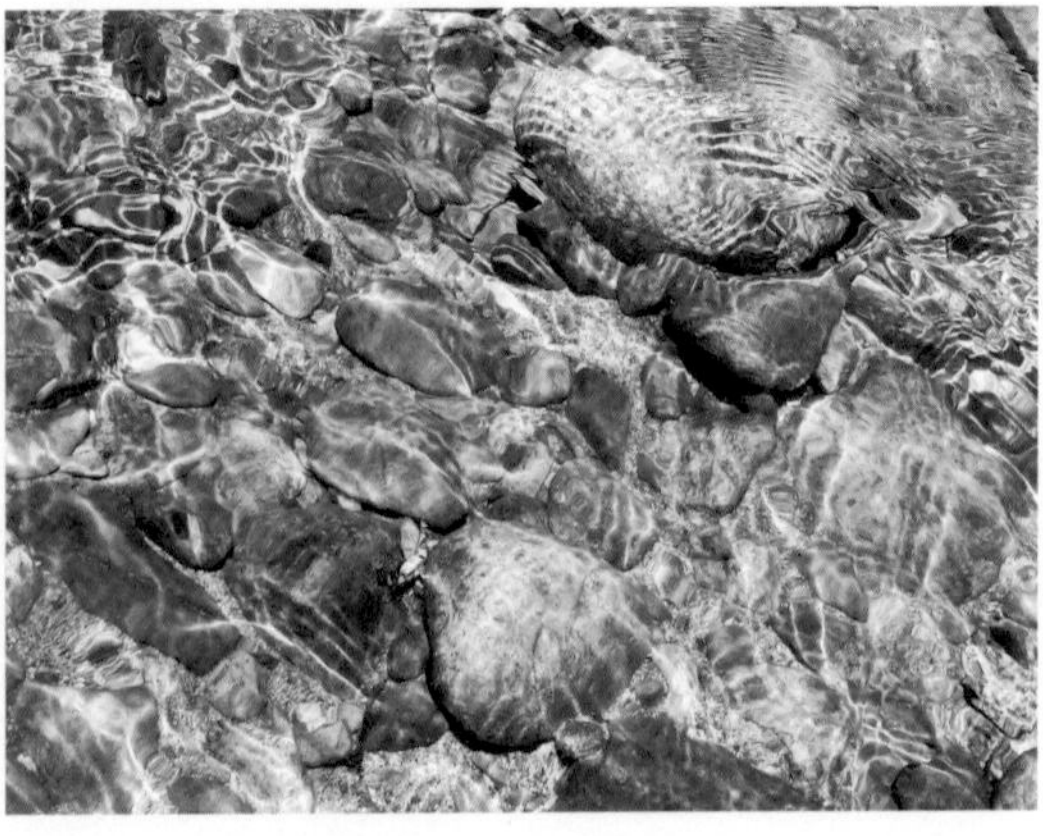

オツベルは、十六人の使用人を使い、脱穀機械をのんのんと唸らせています。そこへ現れたのは、めずらしい白象です。オツベルは言葉巧みに白象を留まらせ、時計と称して鎖をはめ、靴と称して分銅をはめて、「税金が高いから」と言って水や薪を運ばせたり、鍛冶場で炭を吹かせたりしました。おまけに与えられる藁はしだいに減り、白象は痩せ、ときには赤い竜の目をしてオツベルを見るようになりました。

「オツベルと象」は、詩人の尾形亀之助が創刊した『月曜』という雑誌に掲載されました。紹介しているのは、その文末に記された一行です。いまでは「おや、(一字不明)、川へはひつちやいけないつたら」と訂正されている版もありますが、雑誌掲載時の表現は意図的なものであろうと考え、ここではそのままにしています。

このおはなしは、しばしば労働問題として解釈されますが、わたしは、環境問題として読んできました。その理由は改めて言うまでもなく、紹介した一行に「川」という文字が入っていること。そしてオツベルの仕打ちに絶望した白象が、手紙を書いてなかまに助けを求めたあと、オツベルの屋敷に押し寄せるなかまの象たちのようすが、洪水などで流れ出した濁流を彷彿とさせることです。

さあ、もうみんな、嵐のように林の中をなきぬけて、グララアガア、グララアガア、野原の方へとんで行く。

「グララアガア、グララアガア」という表現は、オノマトペの名手とされる宮澤賢治の面目躍如と言ったところです。

小さな木などは根こぎになり、藪や何かもめちゃめちゃだ。グワア　グワア　グワア　グワア、花火みたいに野原の中へ飛び出した。（中略）**グララアガア、グララアガア。**

日本は雨が多いうえ、川の近くに発達した低地に密集してひとが住んでいるため、たびたび水害に見舞われてきました。そのため古くから対策がなされ、一八九六（明治二十九）年には河川法が制定されて、本格的な治水が始まりました。多くの川で護岸や堤防、ダムの整備が行われ、水害から人命が守られると同時に、美しい景観や貴重な生きものが失われるという問題も起こりました。

象たちが押し寄せた屋敷のなかでは、白象を逃すまいとするオツベルが叫びます。

「何ができるもんか。わざと力を減らしてあるんだ」

力を減らすために白象の足につけられた鎖や分銅が、コンクリートの堤防や護岸、ダムのように感じられるのは、わたしだけでしょうか。なかまの象たちは、いとも簡単にオツベルの屋敷の鉄筋入りのセメント塀を越え、オツベルを潰し、白象の小屋を壊して、鎖や分銅を外してやります。それは、自然がほんとうに猛威をふるったとき、人工物はどれだけ役に立つのだろうという賢治の問いに感じます。

川のまわりの低地は、川によって上流から運ばれてきた土砂が、長い年月をかけて積もったものです。平らで水もあり、土も肥沃なため、人びとに利用されてきましたが、そもそも川の領域だったと言ってもよいでしょう。

「川へはいっちゃいけないいったら」という賢治の言葉は、川の領域を侵し過ぎないよう、警告しているようにも感じられます。川の領域をできるだけ広く残しておけば、川がその景観や、生きものを育む力を失うことなく、増水したときの被害を少なく抑えることができるのではないかと、思わずにはいられないのです。

ちなみに、岩手県を流れる北上川の上流には松尾鉱山があり、一九一一（明治四十四）年からは横浜の資本家である中村房次郎によって大規模な硫黄の採掘が始まって、隆盛を極めました。しかし、その坑道からはヒ素を含む強酸性の排水が流出し、川が赤く染まります。鉱山は一九七二（昭和四十七）年に閉じ、一九八二年には岩手県の中和処理施設が完成しましたが、排水はいまも廃坑から出ており、中和処理は半永久的に続ける必要があります。

有害な物質は、もちろん川に入ってはいけません。賢治はやはり、[redacted]に、いろいろな意味を持たせていたのでしょう。

「先生、気層のなかに炭酸ガスが
増えて来れば暖かくなるのですか」
「それはなるだろう。
地球ができてからいままでの気温は、
たいてい空気中の炭酸ガスの量で
きまっていたといわれる
くらいだからね」

童話「グスコーブドリの伝記」

冷害で飢饉に陥ったイーハトーブ地方を救うため、グスコーブドリは、炭酸ガスを噴く火山を爆発させ、「温室効果」を起こそうとしています。ブドリが会話しているのは、高等農林時代の恩師、関豊太郎がモデルとされるクーボー大博士です。

一八九六年、スェーデンの物理化学者スヴァンテ・アレニウスが、世界ではじめて二酸化炭素の温室効果について言及しました。アレニウスは、大気中の二酸化炭素が倍増すると、気温が五度から六度上がると試算していました。宮澤賢治はそれを参考にしていたのでしょう、クーボー大博士はつぎのように語ります。

「あれがいま爆発すれば、ガスはすぐ大循環の上層の風にまじって地球ぜんたいを包むだろう。そして下層の空気や地表からの熱の放散を防ぎ、地球全体を平均で五度くらい温かにするだろうと思う」

「風野又三郎」を書いた賢治は、地球規模での風の循環を承知していましたから、大きな噴火が起これば、ガスや火山灰が短期間で地球を周回すると確信していました。皮肉なのは、賢治が温室効果を冷害を改善するものとして描いたことです。いま、人類が凄まじい勢いで二酸化炭素を排出し、地球に深刻な温暖化をもたらしていると知ったら、賢治はどうするでしょう。二酸化炭素を固定する働きを持つ森や川、海などの環境を、いっそう健やかに保つべきだと、再びペンを持つのでしょうか。

雪婆《ゆきば》んごがやってきました。
その裂けたように紫な口も尖った歯も
ぼんやり見えました。
「おや、おかしな子がいるね、そうそう、
こっちへとっておしまい。水仙月《すいせんづき》の四日だもの、
一人や二人とったっていいんだよ」
「ええ、そうです。さあ、死んでしまえ」
雪童子《ゆきわらし》はわざとひどくぶっつかりながら
またそっと言いました。

童話集『注文の多い料理店』「水仙月の四日」

炭を運ぶお父さんについて町に行った子どもが、砂糖を買って自分だけ先に帰ってきました。それを見つめているのは、雪童子《ゆきわらし》と雪狼《ゆきおいの》です。丘は雪でいっぱいです。

雲もなく研きあげられたような群青の空から、まっ白な雪が、さぎの毛のように、いちめんに落ちてきました。

きれいな雪です。けれども美しさは、長くは続きません。

雪婆《ゆきば》んごが、やって来たのです。雪童子と雪狼は、雪婆んごに命ぜられるままに、雪を降らせ風を吹かせて、雪嵐を起こします。子どもはたちまち雪にまかれ、泣きながら何度も立ち上がろうとしますが、とうとう動けなくなってしまいます。

雪婆んごは、しきりに「水仙月の四日」という言葉を口にします。気象災害の特異日なのでしょう。「一人や二人とったっていいんだよ」と言っているところをみると、水仙月の四日に起こるのは、いのちにかかわるレベルの災害と思われます。

「水仙月」については諸説ありますが、キリスト教における「四旬節」であろうという説に触れてから、わたしは毎年、その日にちをチェックするようになりました。

四旬節は、「日曜日を除いた復活祭の前の四十日間」で、「復活祭」は「春分の日のあとの満月から数えて最初の日曜日」です。四旬節の初日は水曜日で、早い年で二月上旬、遅い年で三月上旬となります。四旬節は英語で「レント」と言い、ラッパ水仙は四旬節に咲くことから「レントリリー」と呼ばれるそうです。

驚いたのは、二〇一一年三月十一日が、水仙月の三日だったことでした。三日と四日の違いこそあれ、賢治の書き残した日づけは、東日本大震災を予言していたように、わたしには思われました。

大震災のあと、賢治と津波の因縁が注目されました。賢治は一八九六（明治二十九）年に生まれましたが、この年の六月十五日に三陸大津波が起こっています。さらに、亡くなった一九三三（昭和八）年の三月三日にも、三陸は大地震と大津波に襲われました。気になって調べると、賢治が亡くなる年の三陸大津波も、水仙月の三日でした。むろん賢治は、読者を怖がらせるために書いたのではありません。雪嵐のなかで泣く子どもに、雪童子はわざとぶつかって倒したあと、そっと言いました。

「布団をたくさんかけてあげるから。そうすれば凍えないんだよ」

雪には保温性があり、積雪の下の地面が零度に保たれることは、よく知られています。ここでは、新しく積もる雪ですから空気を含み、外気の影響を受けますが、水仙月は春で、気温はそれほど低くはありません。

自然は二面性を持ち、美しくも厳しく、恐ろしくも優しいものです。美しさや優しさに親しむことが、厳しさや恐ろしさを直視し、備えることにつながりますように。

あのイーハトーヴォの
すきとおった風、
夏でも底に冷たさをもつ
青いそら、うつくしい森で
飾られたモリーオ市、
郊外のぎらぎらひかる草の波

童話「ポラーノの広場」

宮澤賢治は岩手を「イーハトーブ」と呼びました。イーハトーボ、イーハトーヴォなど表記の揺れはありますが、意味については、童話集『注文の多い料理店』を出版したときの宣伝チラシに、こう記されています。

実にこれは著者の心象中に、この様な状態をもって実在したドリームランドとしての日本国岩手県である。

それは、賢治の理想の岩手県と考えてよいでしょうか。そのなかで、盛岡市は「モリーオ」という名前をもらいました。紹介した一節は、賢治から盛岡に贈られた最大の賛辞です。盛岡はまた、「有明」という心象スケッチでも言及されています。賢治は明け方の北上山地を歩きながら、盛岡の町を尾羽を広げた鳥に例えたうえで、

ここらの林や森や／野原の草をつぎつぎに食べ／代わりに砂糖や木綿を出した

と書いています。町は確かに、緑を食べて育つ鳥かも知れません。砂糖や木綿、おいしいお菓子やおしゃれな衣類は、わたしたちの暮らしを間違いなく豊かにしますが、緑のなかで味わうこころの豊かさもまた、それを感じられる者にとってかけがえのないものです。町という鳥がどこまで肥大化するかは、住むひとの意識を映します。

モリーオ……いえ、あらゆる町は、美しい森やぎらぎら光る草の波に守られているからこそ、健やかでいられるのではないかと、わたしは思うのです。

足を伸ばして

野山を歩いて、こころに映った景色をスケッチするには、毎日のように通える身近なフィールドを持つのがいちばんですが、たまには足を伸ばすのもよいものです。「銀河鉄道の夜」という作品からも分かるように、宮澤賢治は大の鉄道好きでした。遠出をするときは汽車に乗って出かけ、降りた先で歩くのが賢治流です。賢治は運動神経こそ鈍かったそうですが、歩くのだけは得意で足も速かったそうです。

自然のなかで、生きものたちの声なき声に耳を傾けたり、存分にメモをとったりするには、ひとりで歩くのがよいでしょう。いっぽう、遠出をするなら、親しい数人のなかまを誘っても、興味関心の分野が広がって、愉快な時間になるでしょう。

賢治は高等農林時代、文学好きな四人のなかまと『アザレア』という同人誌を作っていましたが、その四人で深夜に秋田方面に歩いたときの楽しさは格別だったようです。「朝露」の項で紹介したスギナの露は、四人で歩いたあとに見たものでした。

ちなみに、賢治は岩手山麓で道に迷った経験があり、そのときの顛末を記した心象スケッチのタイトルは当初「母に言う」でした。道に迷ったあと、賢治は走って走って、ようやく汽車に間に合いました。心象スケッチはこう結ばれます。「そして昼めしをまだたべません／どうか味噌漬けをだして／ごはんをたべさしてください」。遠出のときは、行動食を持つこともお忘れなく。

［パート六］

自然を見つめるこころ

幸せを願う

春夏秋冬、四季折々に花が咲き、
虫が飛んで、鳥が歌う。
季節は歳の数しか味わえないもので、
生きものとの出会いは一期一会です。
静かに自然を見つめていると、
いつしか自然が語り出すのを感じるでしょう。
自然の声を聴くと、みんなが健やかで
いられるよう、願わずにはいられません。

たのしい太陽系の春だ
みんなはしったりうたったり
はねあがったりするがいい。

心象スケッチ『春と修羅』「小岩井農場」

まずは「水仙月の四日」というおはなしの一節をお読みください。

「カシオピイア、／もう水仙が咲き出すぞ／おまえのガラスの水車／きっきとまわせ」雪童子はまっ青なそらを見あげて見えない星に叫びました。

たとえ昼でも、そこに星が存在していることに変わりはありません。宮澤賢治は、しばしば見えないものを見ようとしますが、それは、いま見えないものが見えているとき……星であれば夜に、よく見てそのものを理解していれば可能です。

さらに賢治は、月を見てりんごの匂いを感じたなどと書くことがありますが、それも、りんごの匂いをよく知っている者なら、月を見て「りんごのようだ」と思ったときに、その香りを思い起こすことはできるでしょう。

賢治は、経験や知識などの記憶と目の前の事物を組み合わせて、想像を膨らませることが得意だったのです。わたしたちもまた、野原を歩きながら頭上に光っているであろう星々の存在を感じ、足もとの地面が地球という惑星の一部であると認識するとき、太陽系という大きな世界の一員である自分をイメージすることができます。

春は待ち遠しいものですが、そもそも季節は、地球が太陽のまわりを一年で一周しているために起こる現象なのでした。さて、春の野で、跳ねたり歌ったり、風に揺れたりしている無数の生きものたちといっしょに、「ほほっ」と笑ってみましょうか。

時間　time

ああいいな　せいせいするな
風が吹くし
農具はぴかぴか光っているし
山はぼんやり
岩頸《がんけい》だって岩鐘《がんしょう》だって
みんな時間のないころの
ゆめをみているのだ

心象スケッチ『春と修羅』「雲の信号」

想像力は、こころの翼です。経験や知識を駆使して想像を膨らませることのできるひとは、時間を行き来することもできるでしょう。それは、長い長い時間軸のなかに存在しているものに、こころを添わせることで可能になります。

たとえば宮澤賢治は、目の前にある地層や岩石の向こうに広がる景色を、ありありと思い浮かべることができました。「楢の木大学士の野宿」は、大学士が宝石商に頼まれて蛋白石を探しに行くおはなしです。舞台は岩手で、大学士は海岸で野宿した晩に、竜脚類の恐竜の一種である雷竜の夢を見るのでした。

見たまえ、学士の来た方の／泥の岸はまるでいちめん／うじゃうじゃの雷竜どもなのだ。／まっ黒なほどおったのだ。

賢治が生きていたころ、日本では恐竜の化石は発見されていませんでした。しかしながら、地質年代が白亜紀であれば、恐竜が生息していた可能性があることは分かります。はたして一九七八（昭和五十三）年、岩手県岩泉町茂師の海岸沿いで、竜脚類の上腕骨が発見されました。

「岩頸」は火山の内部で固まっていたマグマが浸食を受けてむき出しになったもの、「岩鐘」は釣鐘型に盛り上がった火山のことです。山にとって時間のないころとは、マグマとして地球の奥深くにあり、混沌としていたころのことでしょうか。

それはね、僕もっと小さいとき、
それはもうこんなに小さいときなんだ、野原に出たろう。
すると遠くで、誰だか食べた、誰だか食べた、
というものがあったんだ。それがふくろうだったのよ。
僕ばかな小さいときだから、ずんずん行ったんだ。
そして林の中へはいってみちがわからなくなって泣いた。

童話「ポラーノの広場」

宮澤賢治の言う「ばか」は、決して悪い意味ではなく、ここでは先入観がないという意味で使われています。先入観のない少年の耳には、フクロウの鳴き声がひとの言葉に聴こえ、それに誘われるようにして自然界に分け入りました。

幼い賢治もまた、石や虫に誘われるようにして、自然界に分け入ったのです。その興味は、花や木、鳥へと広がっていったでしょう。と同時に、小学校のころ担任だった八木英三は、子どもたちにアンデルセンなどのおはなしを熱心に読み聞かせたそうです。自然を見ていた賢治は、おはなしに登場してくる石や虫や、さまざまな生きものを、こころに思い浮かべることができたはずです。

賢治の想像力は、そうして幼いころから自然と文学の両方に接したことで、豊かに育まれたものと思われます。

そんな賢治が、（自然界には、まだひとの言葉になっていないおはなしがたくさんあるのだ）と気づくまでに、それほどの時間はかからなかったでしょう。

石や虫が、いま自分の目の前にある。ただそれだけの事実にも、石や虫がここに至るまでに過ごしてきた時間が存在しています。その時間がいかなるものであったかを想像するのは、そのもののおはなしを読むことにほかなりません。

かれらの姿形に目を凝らして特徴をつかみ、図鑑などから知識を仕入れて、それらが、あまたある石や虫のなかで、どこに分類されるかを考えます。そうしてかれらの来歴が分かれば、それは、その伝記を読みとるための手がかりです。

火山性の石なら、かつてはマグマとして地中深くにあり、それが長い時間をかけて冷えて固まったり、火山の爆発で一気に地上に噴出したりしたのでしょう。賢治は、（わたしは地中深くで眠っていたんだよ……）などと、石がひとの言葉で語り出すのを感じたに違いありません。

虫も同じです。もし目の前に翅の折れた蛾がいたら、賢治は、どうして翅が折れたのか、鳥に食べられそうになったのか、あるいは……と、その理由を考えずにはいられなかったでしょう。そこには必ず、何らかの出来事が存在しています。

賢治は、石や虫が密やかに語り出した身の上話を、ひとの言葉で書き記すことができました。賢治のなかで、自然と文学は分かちがたく結びついていたのです。

「山の晨明《しんめい》に関する童話風の構想」という心象スケッチで、賢治は早池峰山をお菓子の山に例えて子どもたちに呼びかけます。

おお青く展《ひろ》がるイーハトーボのこどもたち／グリムやアンデルセンを読んでしまったら（中略）この底なしの蒼い空気の淵に立つ／巨《おお》きな菓子の塔を攀《よ》じよう

本を読んだら、自分の足で野山を歩こうよ、と。

嘉十はにわかに耳がきいんと
鳴りました。
そしてがたがたふるえました。
鹿どもの風にゆれる草穂のような
気もちが、波になって
伝わって来たのでした。
嘉十はほんとうにじぶんの耳を
疑いました。
それは鹿のことばがきこえて
きたからです。

童話集『注文の多い料理店』「鹿踊りのはじまり」

動物の話が分かるようになるおはなしは日本各地に残されています。その多くは動物を助けたことにより「聴耳頭巾」を授けられますが、宮澤賢治の描く聴耳のおはなしは、ただひたすらに鹿どものようすが知りたいと、こころを寄せた結果でした。

くり返しになりますが、先入観のない子どものこころで生きものと向き合ったとき、かれらが語りかけてくるように感じるのはままあることです。ところが、わたしたちは成長するにつれ、生きものの気持ちなど分かるわけがない、それは単に自分のこころがそう感じていただけなのだと、こころの耳を塞いでしまうのかも知れません。

けれども声なき声を聴こうとして相手にこころを寄せることは、いくつになっても、相手が生きものでなく人間であっても、必要なものではないでしょうか。

「雪渡り」は、雪を渡って林まで行った幼い兄妹が、紺三郎という狐の子と親しくなり、幻燈会に招かれるおはなしです。入場券を渡そうとして、紺三郎が尋ねます。

「兄さんたちは十一歳以下ですか」

いちばん下の兄さんは十二歳です。すると紺三郎は言いました。

「それでは残念ですが兄さんたちはお断わりです。あなた方だけいらっしゃい」

十二歳はおとなの入り口で、多くのひとが自然と交流する力を失ってゆく時期だと、賢治は感じていたのでしょう。子どものころのこころを、失わずにいたいものです。

わたくしは森やのはらのこいびと
蘆《よし》のあいだをがさがさ行けば
つつましく折られた
みどりいろの通信は
いつかぽけっとにはいっているし
はやしのくらいとこをあるいていると
三日月《みかづき》がたのくちびるのあとで
肱《ひじ》やずぼんがいっぱいになる

心象スケッチ『春と修羅』「一本木野」

「森や野原の恋人」とは、自然を愛する宮澤賢治の偽らざる心境でしょう。しかしこの言葉の背景には、相思相愛の恋が周囲の反対によって破れたという事実がありました。傷心の賢治にとって、大好きな野山を歩くひとときが、どんなにかけがえのないものであったかは、言うまでもありません。賢治は「三日月型」をしたヌスビトハギの実を、自然からのキスに例えています。

生きる喜びを噛みしめながら進むときも、悲しみに暮れながらさまようときも、自然を愛する者にとって野山とそこに息づくもろもろのいのちは、ともに祝ったり、慰めたりしてくれる存在です。人間の世界での喜びも悲しみも、無心に、けれど懸命に生きるものたちに浄化され、透き通った感情になってゆくように思います。

いつの間にかポケットに入っているのはヨシの葉の切れ端でしょうか。「みどりいろの通信」とは、「銀河鉄道の夜」のなかで、主人公のジョバンニのポケットに入っていた切符が緑色をしていたことを連想させます。切符を見たひとが驚きます。

「こいつはもう、ほんとうの天上へさえ行ける切符だ。天上どこじゃない、どこでも勝手にあるける通行券です」

自然を愛する者の感性は、地中深くから宇宙の果てまで瞬時に駆けめぐることや、太古の昔から未来へ旅することを可能にします。それはこころの緑の切符です。

すべて天上技師Nature氏のごく斬新な設計だ

心象スケッチ『春と修羅』「樺太鉄道」

いまの家に住むようになって、わたしははじめて、地球の一角に自分の好きな草木を植えられるようになりました。あれこれ思案して木を何本か植え、さて草花はどうしようかと迷っていると、その地面はあっという間に、植えたのではない草に覆われてしまいました。世のなかでは、それを雑草と呼ぶのでしたが、よく見ると、どれもそれぞれに美しかったり愛らしかったり、何とも言えない絶妙なとり合わせで生えていたりするのでした。草むしりをするわたしの手は、はたと止まってしまいました。

どうやら宮澤賢治も同じようなことを感じていたらしく、「雑草」という心象スケッチのなかで、ゴボウやチシャを植えるためにジシバリを削る自身の行いを、

このことについてわたくしは／あらゆる聖物毀損の罪に当たろう

と書いています。いずれも同じキク科なのに、ジシバリだけが作物でないために雑草よばわりされることに、賢治は抵抗を覚えたのでしょう。「雑草」はこう続きます。

その償いにこんどこいつを／どこかのローマンチックなローンに使おう

「ローン」は芝生です。芝生にジシバリを植えることについて、わたしは賢治に全面的に賛成します。シロツメクサやヘビイチゴがあってもよさそうです。

では雑草は、どうして生えてくるのでしょう。確かに、わたしが植えたのではありません。けれど、それらの種子は、いつか芽生えるときを待って土のなかに眠ってい

たり、虫や鳥や、風や水、あるいは靴の裏について運ばれてきたりして、この土地に縁づいたのでした。そうして芽生えたあとも、土質や水はけ、日当たりの良し悪しや、踏みつけの有無など、さまざまな条件によって、あるものは消え、あるものは茂り、その栄枯衰勢もまた、しだいに移り変わってゆくのです。

草むしりを止めたわたしは、たまに茂り過ぎたものを整理したり、草に負けない丈夫な園芸植物を植えたりして、庭と呼ばれる小さな土地を楽しむようになりました。

野山を歩いて、森の木々や野原の草花の美しさには、もう幾度となく目を見張ってきましたから、「天上技師Ｎａｔｕｒｅ氏」の腕前は信頼しています。

それは、「カイロ団長」のなかでは三十四のアマガエルの仕事として描かれます。

これは主に虫仲間からたのまれて、紫蘇の実やけしの実をひろって来て花ばたけをこしらえたり、かたちのいい石や苔を集めて来て立派なお庭をつくったりする職業でした。／こんなようにして出来たきれいなお庭を、私どもはたびたび、あちこちで見ます。それは畑の豆の木の下や、林の楢の木の根もとや、又雨垂れの石のかげなどに、それはそれは上手に可愛らしくつくってあるのです。

天上技師Ｎａｔｕｒｅ氏の設計は、アマガエルにとっても居心地がよいようで、わが家の雑草の庭にも、たくさんのアマガエルがすみついています。

「ああ、ここはすっかり
もとの通りだ。
木まですっかりもとの通りだ。
木は却《かえ》って小さくなったようだ。
みんなも遊んでいる。
ああ、あの中に私や
私の昔の友達がいないだろうか」

童話「虔十公園林」

みんなから少し軽んじられていた虔十《けんじゅう》という子どもの、たったひとつのわがままは、家のとなりの空き地にスギの木を植えたことでした。虔十の人生のたった一度の逆らいの言葉は、そのスギの木を「伐れ」と言ってきた隣人に対する「伐らない」という答えでした。虔十は、ブナの葉が光るのを見て、嬉しくて笑いが止まらない子どもでした。霧のような雨のなか、木を見ながらいつまでも立っている子どもでした。

虔十の植えたスギの林は、いつか小学校の子どもたちの遊び場になりました。虔十が病気で亡くなっても、子どもたちは遊びました。そうして二十年が過ぎ、あたりが街になってしまったころ、アメリカの大学で教授になった博士が帰ってきました。

虔十の植えた林は、もとのままでした。それは、その土地がずいぶん悪く、スギが育たなかったためでしたが、だからこそ、久しぶりに帰った博士の目には懐かしく、そこにかつての自分が遊んでいるかのように見えたのです。

子どもたちにとって、学校でも家でもない第三の居場所があり、それが野原や林であることは何という幸いでしょう。さまざまな理由で、人間社会に居づらさを感じたとしても、自然界の生きとし生けるものを友とし、喜び悲しみを分かち合える子どもは、簡単には挫けません。街のなかの緑は、おとなの価値観で整備されてしまいがちですが、子どもの居場所となる緑を、子どもの傍らに、残しておきたいものです。

全く全くこの公園林の杉の黒い立派な緑、さわやかな匂《にお》い、
夏のすずしい陰、月光色の芝生が
これから何千人の人たちに
本当のさいわいが何だかを教えるか数えられませんでした。
そして林は虔十《けんじゅう》のいた時の通り雨が降っては
すきとおる冷たい雫《しずく》をみじかい草にポタリポタリと落とし
お日さまが輝いては新しい奇麗な空気を
さわやかにはき出すのでした。

童話「虔十公園林」

花巻農学校の教師を辞めたあと、宮澤賢治は「羅須地人協会」を設立し、自らも土を耕しながら農家の肥料相談に応じるなど、農村を豊かにしようと努めました。賢治が考える豊かな暮らしとは、文学や音楽など芸術を伴うものでした。

世界がぜんたい幸福にならないうちは個人の幸福はあり得ない

という有名な一文は、そのころの講義メモとして書かれた「農民芸術概論綱要」のなかにあります。この一文についてしばしば話題にされるのは、「世界ぜんたい」ではなく「世界がぜんたい」と書かれていることでしょう。

ここまで、自然にまつわる賢治の表現を紹介してきましたが、生きものたちにこころを寄せ、かれらはどんな世界を感じているのだろうと考えるその姿勢からは、ドイツの生物学者ヤーコブ・フォン・ユクスキュルが、二十世紀のはじめから提唱していた「環世界」という考えが連想されます。

さまざまな生きものは、それぞれに異なる感覚を持っていて、おのおのが感じとった世界のなかで生きています。したがって、この世には生きものの種類の数だけ異なる世界が存在することになり、ユクスキュルは、それを環世界と呼びました。

賢治はどこかで、ユクスキュルの考えに触れたのでしょうか。あるいは、自然を見つめているうちに、おのずと同じような考えにたどり着いたのかも知れません。

「世界ぜんたい」なら、その世界はひとつです。いっぽう「世界がぜんたい」となれば、世界が複数あったとしても意味が通じます。賢治は環世界的な考えから、さまざまな生きものがそれぞれの世界を生きている、そのすべての世界が幸せでなければならないと考えていたのではないでしょうか。

この世のあらゆる存在が幸せになるなんて、とても不可能なことに感じられます。ただ、この一文を理解しようとするとき、わたしは、賢治が父母を敬愛しながらも家業を嫌って背いてばかりいたことや、相思相愛の恋をしながらも周囲の反対に屈してしまったことを思わずにはいられません。世界がぜんたい幸せになるには、ひとりのひとをも悲しませることができません。みんなの幸せは、目の前の父母、あるいは恋人を幸せにすることから始まるのだと、賢治は痛いほど知っていたはずなのです。

それは、あらゆる生きものが幸せになることにも通じます。ひとりひとりが身近な自然に親しみ、そこに生きるものたちが健やかであるよう、こころを砕く。ささやかですが、すべてはそこからしか始まらないように思います。それは、公園でも庭でも、一本の街路樹でもよいでしょうし、川や海でもよいのです。

身近な自然と、そこに息づくいのちを愛しく見つめたとき、わたしたちのこころにもたらされるものが、賢治の言う「ほんとうの幸い」のひとつに違いないでしょう。

わたしたちは、氷砂糖を
ほしいくらいもたないでも、
きれいにすきとおった風をたべ、
桃いろのうつくしい朝の日光を
のむことができます。

童話『注文の多い料理店』

おしまいに紹介するのは、『注文の多い料理店』の「序」の冒頭部分です。
何も持たなくとも、感じるこころがあれば、自然の美しさを食べものとして、空腹を忘れることがあります。「序」は続きます。

またわたくしは、はたけや森の中で、ひどいぼろぼろのきものが、いちばんすばらしいびろうどや羅紗《らしゃ》や、宝石いりのきものに、かわっているのをたびたび見ました。
わたくしは、そういうきれいなたべものやきものをすきです。

何も持たなくとも、感じるこころがあれば、光の衣装をまとって豊かさを味わうことができます。それはまるで、自然からの祝福のようです。

これらのわたくしのおはなしは、みんな林や野はらや鉄道線路やらで、虹や月あかりからもらってきたのです。
ほんとうに、かしわばやしの青い夕方を、ひとりで通りかかったり、十一月の山の風のなかに、ふるえながら立ったりしますと、もうどうしてもこんな気がしてしかたないのです。ほんとうにもう、どうしてもこんなことがあるようでしかたないということを、わたくしはそのとおり書いたまでです。

宮澤賢治のおはなしは、たとえどれほど空想的に感じられても、完全なるファンタジーではありません。自然のなかで感じたことを、そのとおりに書いただけなのだと、賢治が自分でくり返し述べているのです。

ですから、これらのなかには、あなたのためになるところもあるでしょうし、ただそれっきりのところもあるでしょうが、わたくしには、そのみわけがよくつきません。なんのことだか、わけのわからないところもあるでしょうが、そんなところは、わたくしにもまた、わけがわからないのです。

作者自らも「わけがわからない」という賢治のおはなしを、どう味わうかは読者の自由です。しかし、ひとつだけ確かに言えるのは、その土台となっている自然が失われたとき、賢治のおはなしは完全なるファンタジーになってしまうということです。

けれども、わたくしは、これらのちいさなものがたりの幾きれかが、おしまい、あなたのすきとおったほんとうのたべものになることを、どんなにねがうかわかりません。

賢治は自らのおはなしが読者のこころを満たし、やがてみんなが、自然から食べものを受けとったり、祝福を感じられたりするよう、祈りを込めていました。

その願いは、自然の健やかさが保たれていればこそ、適えられるものでしょう。もとよりわたしたちは、いまの自然が失われた地球には、生きてゆけないのですから。

言葉の花束を作る

メモ帳やパソコン、SNSの投稿などに、こころスケッチがたまってきたら、一冊にまとめてみてはいかがでしょう。スマートフォンに保存された写真も、印刷してアルバムにすると新たな感動があるものです。

宮澤賢治は心象スケッチ『春と修羅』を自費出版するとき、印刷所に足繁く通って内容を吟味するとともに、藍染でアザミの柄を染め抜いた麻布を用意して装丁に使うなど、ずいぶんと趣向を凝らしたようです。賢治にとって『春と修羅』は、妹のトシさんの死や、実らなかった恋を記した一冊でもありました。言葉では語り尽くせぬ愛を、賢治は装丁に込めていました。

それは、賢治から妹や恋人に贈られた、言葉の花束でもあったのだと、わたしには思われます。花は、むろん一本一本でも美しいのですが、束ねてラッピングを施したり、アレンジメントにされたりすると、贈られたときの嬉しさはひとしおです。

こころスケッチもまた、プリントアウトして小冊子にするもよし、手書きでこの世に一冊の宝物にするもよし。

こころに小さな水面があるとするならば、そこに映った景色や浮かんだ言葉を掬いとるのがこころスケッチと言えるでしょう。そしてその言葉は、ひとひらの花びらとなって読んだひとのこころの水面に落ち、きれいなさざ波を起こすこともできるのです。

エピローグ

宮澤賢治が遺した、もうひとつの思い

アメリカの生物学者レイチェル・カーソンは、自然の美しさや不思議に目を見張る感性を「センス オブ ワンダー」と呼びました。いまでは広く知られるようになったこの感性を、宮澤賢治はカーソンより少し先に、教え子に伝え、作品に書き残していました。その作品は、日本の『センス・オブ・ワンダー』と言えるでしょう。

遥かな時間軸のなかで輝く天上の星々も、たったいま足もとの草むらで生まれた虫の子どもも、その存在に目を向け意識することによって、わたしたちのこころに刻まれてゆきます。人生において、どれほど多くの存在を感じてゆけるかは、豊かさのひとつの尺度と考えてもよいのではないでしょうか。

そしてそれらの存在は、わたしたちの喜びや悲しみに寄り添い、ときに「あしたも生きよう」と励ましてくれるのです。

岩手に生まれ育ったわたしにとって、賢治は高校、大学の先輩として前を歩いていました。ですからその作品には、幼いころから親しんできましたが、真剣に読み始めたのは、わたし自身も文章を書くようになった三十年前のことです。

身近な緑や、そこに暮らす生きものたちについて、自分なりに言葉を見つけて書いてゆこうとしたとき、同じ岩手の自然を見つめ、多くの言葉を残していった賢治の作品は、にわかに輝きを増し、毎日のようにページを繰るものになったのでした。

虫について、花について、山について川について……。

わたしは夢中になって、賢治の自然の言葉を追いかけました。自分がこれから書こうとしているテーマについて、賢治はいったいどのように書いているのだろう。自然に関する賢治の言葉は、読めば読むほど的を射ていて、未来予測も鋭く、ときに現代を予言しているようにさえ思われました。

そうしてふと、（賢治は恋をしていたのだ）と思い至ったのです。それはいまから二十年前、自然の言葉を追いかけるようになって十年が経っていました。

そのころ、賢治は相思相愛の恋を経験せず、女性とは縁がないまま生涯を終えたと、広く信じられていました。しかし、その作品には恋愛が記されていますし、経験していなければ書けないと思われる激しい思慕や嫉妬の念も描かれていました。

賢治が独身を貫いた理由は、しばしば信仰によって説明されます。

しかし、賢治は幼いころから自然に親しみ、盛岡高等農林学校で科学を学んだナチュラリストでもあったのです。性は、生きとし生けるものが次世代へいのちをつなぐ営みです。連綿と続く自然の営みを、ナチュラリストたる賢治はどのように考えていたのか、あやふやなままにはしておけないと、わたしには思われました。

調べてみると、はたして賢治には、相思相愛の恋人がいたのでした。

賢治は教え子さんたちに、性についての知識を詳しく与えたうえで、

「性は自然の華だ」

と語ったと伝えられます。その言葉のとおり、賢治は決して、愛や性を否定してはいなかったと考えられます。ただし、その恋は主に周囲の反対によって壊れ、お相手は他の男性との縁談を受け入れてアメリカはシカゴへ渡ってしまいます。したがって、賢治の年表に恋が記されることはなく、消えてゆこうとしていたのでした。

賢治が恋をしていたのは、一九二二（大正十一）年の春からおよそ一年間と推定されます。お相手は大畠ヤスさん。近所の蕎麦屋の娘さんで、小学校の教師をしていた女性です。残された写真を見ると、きゅっと結んだ口と、凛とした瞳が印象的です。

ふたりの恋を発見したのは、花巻出身の賢治研究家、佐藤勝治さんでした。わたしは、佐藤さんが残した論文を手がかりにして、賢治の作品のなかに、その恋がどのよ

うに記されているかを読み解き始めました。

賢治が自費で出版した心象スケッチ『春と修羅』は、一九二二年から二年間の記録で、賢治がヤスさんと恋をしていた時期と一致します。その収録作品のうち、最も有名なのは妹のトシさんの死を悼む「永訣の朝」で、そのため『春と修羅』は、妹のトシさんへ捧げられたものと考えられます。しかし実際には、ヤスさんとの恋を密かに記しておく目的もあったのだと、わたしは推測しました。

賢治にとって妹のトシさんは、何度その名を記しても許される存在です。いっぽうヤスさんの名は、そう易々と書き記せるものではありません。そこで賢治は、密かにヤスさんの名を作中に忍ばせる方法を考えました。

そのヒントは、『春と修羅』に収録した「マサニエロ」のなかにありました。

ひとの名前をなんべんも／風のなかで繰り返してさしつかえないか
風のなかでくり返されるひとの名前とは、改めて言うまでもなくヤスさんのものに違いありません。風は英語で「wind(ウインド)」です。その文字列のなかに「in(イン)」という言葉が含まれることは、決して偶然ではありません。賢治はヤスさんの名を、「母音」で「韻」を踏む言葉に隠そうとしていました。

母音で韻を踏むと言えば、いまのラップと同じ表現方法です。もちろん賢治の生前には、ラップはまだ生まれていません。ほんとうに賢治がそんなことをしたのか、にわかには信じられない方もおられるでしょうが、そこは未来派、賢治なのです。

たとえば『春と修羅』に収められ、この本でもたびたび紹介している「小岩井農場」は、ヤスさんへの思いが隠された心象スケッチですが、「ひばり」が出てくる一節は、

よほど上手に鳴いている／もちろんずつと遠くではもつとたくさんないている／そらのひかりを呑みこんでいる／光波のために溺れている

というふうに、母音「o」で始まり「いる」で終わる文が続き、明瞭に韻を踏みます。そして「小岩井農場」に散りばめられた「からまつ」への愛しさは、「まつ」も「からまつ」も、ヤスと同じ「a-u」の母音を持つことと無縁ではないでしょう。

わたしがそれと気づいたのは、「土神ときつね」というおはなしを朗読したときのことでした。同じ言葉が何度もくり返されたり、全編を通じてほぼ同じ文末が続いたりすることに、はじめは大きな違和感を覚えました。ところが何度も読むうちに、その奇妙な文体は、母音で韻を踏もうとした結果なのだと思い至りました。そして、そう理解してしまうと、その文体は読みやすく、朗読はリズミカルになったのです。

「土神ときつね」は、粗暴ながら正直な「土神」と、詩を読み星を語りながら嘘をつく「きつね」が、美しい「樺」の木に恋をして、互いに激しい嫉妬の感情に苦しむと

いうおはなしです。その結末は、土神がきつねを殺してしまうという衝撃的なもので、賢治が恋をしていたことを知らなければ、その内容の重さに困惑します。

賢治は「土神ときつね」で、韻を踏む表現と恋とを結びつけているのでした。

賢治とヤスさんの恋が、ほぼ終わったと考えられる一九二三年の四月八日、賢治は岩手日日新聞に「やまなし」というおはなしを掲載します。五月の谷川の底で、二匹の蟹の子どもらが言葉を交わしています。

『クラムボンはわらったよ。』／『クラムボンはかぷかぷわらったよ。』／『クラムボンは跳ねてわらったよ。』／『クラムボンはかぷかぷわらったよ。』

「やまなし」は、小学校の教科書にも掲載された有名な作品です。「クラムボン」という言葉の意味も、長いあいださまざまに考察されてきましたが、「韻を踏む言葉を探す遊び」という意味の英語「crambo（クラムボウ）」をもじって、「韻を踏む言葉を探す者」という意味を持たせたのだと、わたしは考えます。

すなわち「クラムボン」とは、「恋する賢治」を意味します。さらに「かぷかぷ」の母音は「a-u-a-u」で、「ヤス」の名前と一致します。したがって「クラムボンはかぷかぷわらったよ」という文は、「恋する賢治はヤス、ヤスと笑ったよ」という意味をあわせ持つことになるのでした。

言葉には、思いを託すことができます。この本が出る二〇二三年は、賢治が「やまなし」を書いてから、ちょうど百年目に当たります。韻を踏む言葉に隠した切なる思いが、百年後に鮮やかに開封されるように、これから百年後の未来に、賢治の思いをつなげることも可能です。

先に紹介したレイチェル・カーソンの『センス・オブ・ワンダー』は、一九六四年にカーソンが亡くなったあと、友人たちが遺作として出版したものだそうです。その言葉や考えが、自然と人間の軋轢が増す現代において、いよいよ重みを持つように、賢治の残した自然の言葉の数々が、これからも多くのひとのこころに届き、自然とともにある喜びを伝え、自然が健やかに保たれるよう、深く祈らずにはいられません。

どうか皆さまも、自然とともに生きる豊かさを実感し、自然のなかで楽しむ背中を周囲に見せてください。そして願わくば、思いを残してくださいますように。

この本を世に出すに当たり、たくさんの方にお世話になりました。

著名な植物写真家で、自然の花を絵画のように美しく写される平野隆久さん、菌類写真家で、ミクロからマクロへ広がる賢治の心象風景にふさわしい写真を撮られる新井文彦さん、岩手で長年ツキノワグマの観察を重ね、貴重な生態写真を撮られる佐藤嘉宏さん、八ヶ岳の森の案内人として、子どもたちを森に連れていく活動を続けられる小西貴士さんからは、それぞれたいへん素晴らしいお写真をお借りすることができました。ありがとうございます。

また、この本は山と溪谷社の井澤健輔さんが、わたしが「ihatov」というタグを添えてSNSに発信していた投稿の数々を見ておられたことから生まれたものです。賢治の言葉の整理から執筆、完成に至るまで、細やかに伴走してくださいました。わたしにとっては、はじめての写真入りの書籍で、デザイナーの阿部美樹子さんにご尽力いただきました。

最後に、わたしの拙いカメラワークをサポートくださった盛岡市のカメラのキクヤさん、初代店主で写真の師である松本源蔵さんと、わたしを支えてくださるすべての皆さま、そして、岩手の自然を見つめ、たくさんの言葉を残した宮澤賢治に、改めてこころからの感謝を捧げます。

二〇二三年二月四日　立春

澤口たまみ

写真説明・クレジット

カバー（表）夏の終わり、伏流からの染み出し水に落ちたカツラの葉が結露している
（山梨県北杜市　川俣東沢渓谷）　© 小西貴士
カバー（裏）冷えた朝、枯れたアジサイに霜の華が咲いた（岩手県紫波町）

P.12-13　ヒメオドリコソウとオオイヌノフグリ（群馬県富岡市）　© 新井文彦
P.14　イーハトーブの春、カラマツが芽吹く（岩手県紫波町）
P.16　水孔溢水をまとい、朝日に輝くスギナ（岩手県紫波町）
P.18　雲はいちにちとして同じ姿を見せない（岩手県紫波町）
P.22　ホオノキの花びらは、仏像の白肌を思わせる（岩手県八幡平市七時雨）
P.25　初夏のブナ二次林で鳥たちの声を聴く（岩手県八幡平市安比高原）
P.28　種山が原を渡る爽やかな風に吹かれる（岩手県奥州市／住田町種山が原）
P.31　地球で反射した太陽光が、月の夜の側を照らす　© カワグチツトム /PIXTA
P.34　毬から顔を出したクリの実はつやつや（岩手県盛岡市姫神山麓）
P.36　秋の光のなかで夢見るようなリンドウ（岩手県住田町種山が原）
P.38　降りしきる雪に懐かしい冬の日を思う（岩手県紫波町）
P.42-43　岩手山の山頂付近から見る雲海と朝日（岩手県八幡平市）　© 新井文彦
P.44　枝いっぱいに花を咲かせるコブシ（長野県茅野市）　© 平野隆久
P.48　チューリップと盛岡高等農林学校本館（岩手県盛岡市岩手大学農学部）
P.50　ヒバリの飛翔　©Cock-Robin/pixaboy
P.55　シロツメクサの野原は、蜜の香りでいっぱいだ（岩手県紫波町）
P.58　初夏、キンポウゲの黄色はよく目立つ（岩手県紫波町）
P.61　（上）入道雲。これが崩れてかなとこ雲になる（岩手県紫波町）
（下）上陸したてのアマガエルたちはなかよし（岩手県紫波町）
P.64　行進しているようなトウモロコシたち（岩手県八幡平市七時雨）
P.68　チモシーグラス　©Artturi /Adobe Stock
P.70　カシワの力強い枝ぶりは冬の森で際立つ（岩手県滝沢市森林公園）
P.74-75　沼の底に沈む紅葉と水面に映る紅葉（秋田県藤里町 岳岱）© 新井文彦
P.76　カタクリの咲く道を歩くのは春の幸せ（岩手県紫波町）
P.78　あたりに芳香を漂わせるノイバラの花（岩手県盛岡市）
P.80　水孔溢水を見るためヘビイチゴを訪ねる（岩手県紫波町）
P.85　オキナグサの花（長野県八ヶ岳山麓）　© 平野隆久
P.89　（右上）アネモネ ©Designer Nahid/Shutterstock.com 、（右下）スズラン、
（左上）オキナグサ、（左下）カタクリ
P.92　オオマツヨイグサの花が目の前で咲いた（岩手県八幡平市）
P.94　森の中でシジュウカラがさえずる（長野県軽井沢町）© 井澤健輔
P.97　岩の多い尾根上に自生するアカマツ（岩手県住田町）　© 佐藤嘉宏

P.101　春が近づきハンノキの雄花が伸び出した（岩手県紫波町）
P.104　雪面が凍った朝、雪渡りができそうだ（岩手県紫波町）
P.108-109　夜露に濡れ朝日に照らされるクモの巣（北海道上士幌町）© 新井文彦
P.110　山中でぽつんと咲くメイヨシノに会う（岩手県紫波町）
P.112　フキの葉のマドガ。小さな翅に白い星（岩手県西和賀町）
P.114　ドクガ科の一種、マイマイガも大発生を起こす（岩手県宮古市）　© 佐藤嘉宏
P.117　（上）クスサン幼虫、（中）ヤママユの繭 ©rishiya/PIXTA 、
（下）オオミズアオ © 愛高行 /Adobe Stock
P.120　ヨタカの昼休み ©Voodison/PIXTA
P.122　公園の秋。日に照らされた羽虫　©Melinda Nagy/Shutterstock.com
P.124　電線に止まり、塒入りに備えるカラス（岩手県盛岡市）
P.126　手水鉢の水に浮かぶいろいろな落ち葉（岩手県遠野市）
P.129　（右上）カタツムリ © らい /PIXTA、（右下）ヒトリガ、
（左上）シュレーゲルアオガエル、（左下）ニホンカナヘビ、
P.133　たくさんの蜂を呼ぶハクウンボクの花（岩手県雫石町）
P.138-139　都心の公園で見つけた儚いサクラの花（東京都新宿区 新宿中央公園）
© 新井文彦
P.141　岩手山麓の牧場は緩やかな起伏が続く（岩手県雫石町小岩井農場）
P.144　キャベツ畑にはモンシロチョウが飛ぶ（岩手県紫波町）
P.147　カメラに興味津々のウシたちが集まる（岩手県西和賀町）
P.150　5 月初旬、親子でブナの若芽を食べに来ていたツキノワグマ（岩手県岩泉市）
© 佐藤嘉宏
P.152　イネは風媒花だから風のお世話になる（岩手県紫波町）
P.154　波が作る光の網が川底に映って美しい（岩手県西和賀町和賀川）
P.158　岩手山の溶岩流。植生が回復していない（岩手県八幡平市焼き走り溶岩流）
P.161　雪景色には、イーハトーヴの名が似合う（岩手県紫波町）
P.164　高台から、かすかに光る盛岡の街を望む（岩手県盛岡市）
P.168-169　春を待ちわびる「一本桜」と岩手山（岩手県雫石町 小岩井農場）　© 新井文彦
P.170　春の野で、花たちが歌っているようだ（岩手県花巻市イギリス海岸）
P.172　ダムの水が減り、かつての河道が現れる（岩手県盛岡市）
P.175　巣立って間もないフクロウの三兄弟（岩手県花巻市）　© 佐藤嘉宏
P.178　エノコログサの穂は草花遊びに欠かせない（岩手県八幡平市）
P.180　マメ科のヌスビトハギは蝶形花を咲かせる（岩手県盛岡市）
P.183　（右上）霜、（右下）エンレイソウと羊歯植物、（左上）山ぶどうの紅葉、
（左下）雨滴
P.186　手入れされたスギ。ここにも虔十がいる（岩手県西和賀町）
P.189　ブナの大木は、おかえり、と迎えてくれる（岩手県八幡平市安比高原）
P.192　朝が来て、かけがえのない一日が始まる（岩手県紫波町）

※クレジット表記のないものは、著者（澤口たまみ）撮影によるものです。

おもな参考文献

『宮沢賢治全集』全十巻　宮沢賢治　ちくま文庫
『定本　宮澤賢治語彙辞典』原子朗　筑摩書房
『年譜　宮沢賢治伝』堀尾青史　中公文庫
『宮澤賢治イーハトヴ学事典』天沢退二郎、金子務、鈴木貞美　弘文堂
『賢治と鉱物』加藤碵一、青木正博　工作社
『同窓生が語る宮澤賢治　盛岡高等農林学校と宮澤賢治 120 年のタイムスリップ』若尾紀夫
　岩手大学農学部北水会
『証言 宮沢賢治先生—イーハトーブ農学校の 1580 日』佐藤成　農村漁村文化協会
『イーハトーヴの植物学　花壇に秘められた宮沢賢治の生涯』伊藤光弥　洋々社
『賢治歩行詩考　長篇詩「小岩井農場」の原風景』岡澤敏男　未知谷
『宮沢賢治・青春の秘唱　“冬のスケッチ”研究』佐藤勝治　十字屋書店
『宮沢賢治の肖像』森荘已池　津軽書房
『地球学入門　第2版　惑星地球と大気・海洋のシステム』酒井治孝　東海大学出版部
『生物から見た世界』（著）ユクスキュル、クリサート、（訳）日高敏隆、羽田節子　岩波文庫
『センス・オブ・ワンダー』（著）レイチェル・カーソン、（訳）上遠恵子　新潮社
『鳥の行動生態学』江口和洋 編　京都大学学術出版会
『カラスの教科書』松原始　雷鳥社
『木本植物の生理生態』小池高良・北尾光俊・市栄智明・渡辺誠 編　共立出版
『森の根の生態学』平野恭弘・野口享太郎・大橋瑞江 編　共立出版
『図説 日本のユスリカ』日本ユスリカ研究会　文一総合出版
『エスペラント小辞典』三宅史平編　大学書林
『山渓ハンディ図鑑　野に咲く花　増補改訂新版』平野隆久ほか　山と溪谷社
『山渓ハンディ図鑑　山に咲く花　増補改訂新版』永田芳男ほか　山と溪谷社
『山渓ハンディ図鑑　樹に咲く花』茂木透ほか　山と溪谷社
『原色日本野鳥生態図鑑』中村登流、中村雅彦　保育社
「宮澤賢治のとらえた「造園家」と「装景家」」鈴木誠、
　ランドスケープ研究 1996 年 60 巻 5 号 p.421-424
つくばサイエンスニュース
　https://www.tsukuba-sci.com/?column02= 葉の水滴は、昆虫にとって栄養豊富なエサだった
小岩井農場ホームページ　https://www.koiwai.co.jp/story/
国立科学博物館　日本の恐竜発見史
　https://www.kahaku.go.jp/userguide/hotnews/theme.php?id=0001217896658956&p=2

澤口たまみ

エッセイスト・絵本作家。1960年、岩手県盛岡市生まれ。1990年『虫のつぶやき聞こえたよ』（白水社）で日本エッセイストクラブ賞、2017年『わたしのこねこ』（絵・あずみ虫、福音館書店）で産経児童出版文化賞美術賞を受賞。主に福音館書店でかがく絵本のテキストを手がける。絵本に『どんぐりころころむし』（絵・たしろちさと、福音館書店）ほか多数。宮澤賢治の後輩として、その作品を読み解くことを続けており、エッセイに『新版　宮澤賢治　愛のうた』（夕書房）などがある。賢治作品をはじめとする文学を音楽家の演奏とともに朗読する活動を行い、CDを自主制作している。岩手県紫波町在住。

デザイン　阿部美樹子
編集　井澤健輔（山と溪谷社）

自然をこんなふうに見てごらん
宮澤賢治のことば

二〇二三年三月五日　初版第一刷発行

著者　澤口たまみ
発行人　川崎深雪
発行所　株式会社 山と溪谷社
〒一〇一－〇〇五一　東京都千代田区神田神保町一丁目一〇五番地
https://www.yamakei.co.jp/

印刷・製本　図書印刷株式会社

●乱丁・落丁、及び内容に関するお問合せ先
山と溪谷社自動応答サービス　電話〇三―六七四四―一九〇〇
受付時間／十一時～十六時（土日、祝日を除く）
メールもご利用ください。
【乱丁・落丁】service@yamakei.co.jp　【内容】info@yamakei.co.jp
●書店・取次様からのご注文先
山と溪谷社受注センター
電話〇四八―四五八―三四五五　ファックス〇四八―四二一―〇五一三
●書店・取次様からのご注文以外のお問合せ先
eigyo@yamakei.co.jp

＊定価はカバーに表示してあります。
＊乱丁・落丁などの不良品は送料小社負担でお取り替えいたします。

ISBN978-4-635-06328-9